Pipers Italienische Bibliothek

Federigo Tozzi · Erinnerungen eines Angestellten

Federigo Tozzi

Erinnerungen eines Angestellten

Roman

Aus dem Italienischen
von Klaus Bochmann
und
mit einem Nachwort
von Johannes Hösle

Piper
München Zürich

Die Originalausgabe erschien 1927 unter dem Titel
»Ricordi di un impiegato«
bei Arnoldo Mondadori, Mailand.

ISBN 3-492-03309-1
Oktober 1988
R. Piper GmbH & Co. KG, München

Gesamtherstellung: Clausen & Bosse, Leck
Printed in Germany

3. Januar

Mich dem Rausch des Müßiggangs und des Vagabundierens, dem ich mich von meinem fünfzehnten bis zu meinem zwanzigsten Lebensjahr völlig ungehemmt hingegeben habe, zu entreißen, scheint mir eine raffinierte Gemeinheit. Ich bin beleidigt, wenn mir jemand einzureden versucht, daß auch ich einen weniger bequemen, aber ernsthafteren Weg wählen müßte. Hat denn ein intelligenter und verliebter junger Mensch nicht das Recht, zu tun, was ihm gefällt? Die Liebe beschäftigt mich ganz und gar; sie scheint mir das einzige Tun zu sein, das meinem Selbstbewußtsein und meinem Stolz entspricht. Es ist gar nicht seltsam, daß ich mir sehr ehrgeizig vorkomme; ich will daher nicht wie alle anderen arbeiten, und ich bleibe bei meinem Vorsatz, von Tag zu Tag zu warten, daß sich mir das Schicksal eines Privilegierten bietet, das meinen Vorstellungen entspricht. Und ich dulde keinen Kompromiß.

5. Januar

Jetzt werde ich von meinem Vater in die Enge getrieben, der auf die lange Reihe meiner Geschwister weist und mich überzeugt, daß ich mich bei der Staatsbahn bewerben muß. Ein Blick, eine Mischung aus Furcht und Verdrießlichkeit, zu meiner schwangeren, noch immer jungen Mutter hin läßt mich den Kopf senken und weinen.

1. Februar

Seit ich erfahren habe, daß die Prüfungen gut verlaufen sind, tut es mir vor allem leid, meine Verlobte zu verlassen. Ich liebe meine Attilia wahrhaftig. Und wenn ich daran denke, von Florenz wegzugehen und auf irgendeinen Bahnhof geschickt zu werden, fühle ich mich schuldig, als hätte ich ein Verbrechen begangen. Ich nehme Attilias Photo zur Hand, benetze es ausgiebig mit Tränen und schwöre ihr, als hätte ich sie vor mir, daß es nicht meine Schuld sei. Ich trinke meine Tränen mit einer Gier in mich hinein, die meine Verzweiflung vergrößert.

Meine Mutter überrascht mich, und mit einem Gesicht, von dem ich völlig unnachgiebige Ablehnung, fast etwas wie egoistische Feindseligkeit abzulesen glaube, sagt sie zu mir: »Willst du uns eine Frau ins Haus bringen? Wir sind wohl noch zuwenig ohne sie?«

Ich finde nicht den Mut zu einer Antwort, aber mit einem Beben, das bis in die letzten Fasern des Gehirns dringt, mache ich ihr klar, daß ich auf keinen Fall bereit sei nachzugeben. Und da, welch Wunder, gelingt es mir zum erstenmal, meiner Mutter nicht zu gehorchen. Wie vor mir selbst erschrocken, mustere ich sie genauer, und sie öffnet, ohne sich weiter um mich zu kümmern, die Schubfächer der Kommode, um die Wäsche zu zählen, die ich mitnehmen muß.

Ich habe nur drei Hemden, zwei Unterhosen, die wollenen Unterhemden fehlen, die Taschentücher müssen gezeichnet werden, damit die Wäscherin sie nicht mit anderen verwechselt oder verlustig gehen läßt; die Kragen sind nicht mehr zu stärken.

Als sie fertig ist, sagt sie zu mir: »Deine Braut müßte daran denken, dich neu auszustatten, wenn du sicher bist, daß sie an dich denkt!«

Erregt durch die Freude, Attilia verteidigen zu können, ziehe ich aus dem tiefsten Winkel des Tischchens, das mir als Versteck dient, von dem ich glaube, daß niemand darin kramt, ein wohlverschnürtes Päckchen hervor, und es gelingt mir, es rasch und behutsam zu öffnen.

»Sieh mal, sie hat mir schon diese Krawatte geschenkt!«

Sie scheint mir so schön, daß sich meine Augen von neuem mit Tränen füllen.

Als meine Mutter mich so bewegt sieht, wagt sie nicht, sie anzufassen und die Nähte zu prüfen; aber sie erwidert verächtlich: »Die wird nicht mal einen Monat halten. Es ist keine gute Seide.«

Darauf lüge ich: »Sie will mir auch ein Paar Schuhe kaufen.«

Meine Mutter wird bleich. »Schämst du dich nicht, dich von ihr einkleiden zu lassen?«

Ich bin drauf und dran, zu gestehen, daß ich gelogen

habe; ich fühle, daß mir der Atem fast die Brust sprengt, und antworte ihr: »Du kennst sie nicht und darfst nicht schlecht von ihr denken.«

»Ich kenne die Frauen besser als du.«

Zitternd frage ich sie: »Wann hast du sie gesehen?«

»Von der Photographie her gefällt sie mir nicht. Warum hat sie so eine Frisur?«

Nun finde ich leichter als zuvor eine Lüge. »Ich habe es ihr so vorgeschlagen.«

»Das glaube ich nicht. Du wirst nie einer Frau sagen, wie sie sich kämmen soll. Sie wird dich immer kommandieren.«

»Meinst du, ich muß ihr gehorchen, wenn ich sie liebe?«

Sie prüft unterdessen mit schrägem Blick, mit den funkelnden Augen der Schwangeren und mit gesenkten Lidern das auf dem Tisch liegende Photo. Sie ist offenbar erregt und scheint sogar mit den Lippen zu denken. Ihre Nähe ist stärker als der Gedanke an Attilia. Unbedingt muß auch meine Mutter sie gern haben. Ich bitte sie: »Versprichst du mir, wenigstens einmal mit ihr zu reden, bevor ich weggehe?«

»Ich werde es deinem Vater sagen.«

Ich erröte und fühle mich gedemütigt, wenn auch mit einer Art seltsamen Vergnügens.

Unerwartet treten durch die offengebliebene Tür meine drei Schwestern im Alter von sieben bis zwölf Jahren ein. Ich habe kaum Zeit, das Photo umzudrehen. Sie kommen alle drei näher, meine Mutter streicht ihnen mit der Hand übers Haar und sagt lächelnd zu mir: »Du schämst dich sogar vor dir selbst.«

Als ich wieder allein bin, versuche ich herauszubekommen, ob ich mich vor mir selbst oder vor ihnen geschämt habe.

2. Februar

Gestern beim Abendbrot hatten sie große Lust, über mich zu lachen; denn mein Vater hatte offenbar allen von meiner Verlobten erzählt.

Nur die Augen meiner kleinsten Schwester schienen unfähig, mich ironisch anzusehen, obwohl sie rundum schaute, als suchte sie den anderen zu gehorchen in dem Glauben, es gut zu machen.

Mein Vater sagte zu mir: »Du wirst uns wenigstens zweimal in der Woche schreiben; bevor du an eine andere Person denkst, hast du an deine Eltern zu denken.«

Ich wollte antworten, er spiele wohl auf meine Verlobte an, aber mir fehlte die Kraft dazu. Ich wagte nicht einmal zu sagen, daß ich sie liebte. Dagegen fragte ich: »Wann soll ich fahren?«

»Sie werden dich, glaube ich, Ende des Monats anfordern.«

Meine beiden Brüder rissen die Augen auf und wurden ernst. Der Kleinste von uns versprach: »Wir werden dir eine Ansichtskarte schicken.«

Aber meine Mutter war nicht einverstanden. »Wenn wir schreiben, dann setzt ihr einen Gruß mit eurem Namen darunter.«

Mein Vater aß eine Weile, bevor er von neuem begann: »Du wirst im Dienst gewissenhaft sein und keine Flausen im Kopf haben. Wenn du dich ablenken läßt, wird dein Gehalt immer das gleiche sein, und bevor du dir den Kopf mit Dingen verdrehen läßt, die nur unabhängige Männer angehen, wird es sehr nützlich sein, dich von mir leiten zu lassen. Du schreibst mir, und ich antworte dir.«

Meine Brüder lachten, verstummten aber gleich. Mein Vater fuhr fort: »Keiner braucht sich zu schämen, weil er den Eltern gehorcht. Alle waren gehorsam. Und wenn du eine Frau nehmen willst, solange du noch zu jung dafür bist, werde ich meine Einwilligung nicht geben.«

Meine Geschwister fingen an zu schreien, lachten und klopften mit dem Besteck auf den Teller. Mein Vater sagte: »Ihr seid still, und einer holt den Kuchen, den wir essen wollen, um die bevorstehende Abreise Leopoldos zu feiern.«

Jetzt frage ich mich, warum ich den Kuchen gegessen und warum ich Attilia vergessen habe.

2. März, am Morgen

Die ganze Familie war mit auf dem Bahnhof. Mein Vater war nervös und hielt ständig die Hände in den Taschen; aber die Befriedigung darüber, daß ich eine Anstellung gefunden hatte, ließ ihn sogar zu den Leuten grob werden, die er anstieß. Meine Mutter blinzelte unaufhörlich, und ich hatte immerzu Angst, daß sie erriet, wo sich meine Verlobte versteckt hatte, um mir zu winken. Meine Brüder gähnten und sprachen über die Schule; meine Schwestern waren sonntäglich gekleidet, und die beiden größeren bemühten sich, bemerkt zu werden.

Als sich der Zug in Bewegung setzte, war ich erleichtert, aber es gelang mir nicht, meine Verlobte noch einmal zu sehen.

Ich schreibe im Zug auf einem Büchlein, das auf meinen Knien liegt; und ich bin versucht, aus der Tasche meiner Jacke die schöne, geschlossene, feste Rose hervorzuziehen, die mir Attilia geschenkt hat; und ich glaube, wenn ich sie berühre, bringt sie mir Glück.

2. März, Mittag

Die Unstimmigkeit zwischen mir und meiner Familie wegen meiner Braut bringt mich aus der Fassung. Was denn, muß ich vielleicht ein böser Mensch werden, um nicht die Achtung vor mir selbst zu verlieren? Werde ich mich an jene Bosheit gewöhnen müssen, von der es heißt, daß man sie unbedingt lernen muß? Ich glaube, bis jetzt konnte ich darauf verzichten; und in Zukunft gleichfalls. Ist es also so schwierig, gut zu sein? Wenn es mir gelingt, dann erscheinen jedesmal alle Dinge schön. Keiner begreift, wie sehr ich Attilia liebe. In ihrer Nähe erfaßt eine wundersame Verzückung meinen Willen und meine Sinne, die Zeit existiert nicht mehr, sondern nur noch ein unendlicher Raum. Wenn sie mit mir spricht, drücke ich ihr die Hand, um ihr zu danken.

Nun sind es drei Stunden, daß ich reise, und ich habe die ganze Zeit an sie gedacht; und mir ist, als liefe sie mit dem Zug mit, um mich nicht zu verlassen.

Manche Annehmlichkeiten tun so weh wie der Schmerz. Und ich weiß, daß ich in diesem Frühling wie ein Tölpel bin, der keinen ganzen Satz zustande bringt.

Ich bin verwirrt und fürchte mich selbst vor meinem Lachen.

Manchmal erscheinen mir im Schlaf Eindrücke der Wirklichkeit, die mich verblüffen. Aber die im Traum wahrgenommene Wirklichkeit hat das Gepräge, das ihr in diesem Augenblick mein Herz gibt. Ich messe sie so, wie ich es gewohnt bin; und vielleicht ist sie nur ein verschwommenes Abbild, das in mir ist.

Jetzt dagegen habe ich das Gefühl des Todes, der kommen wird, ohne daß ich weiß, wie; weil ich angefangen habe zu leben.

2. März

Ich komme nach 20 Uhr in Pontedera an. Ich nehme den schweren und unbequemen Koffer und melde mich bei dem Stationsvorsteher. Als ich in sein Zimmer eintrete, bleibt er sitzen. Er ist ein alter Mann mit grauem Bart, hat die rote Mütze auf und raucht Pfeife. Die elektrische Lampe, die über dem Schreibtisch hängt, verbreitet spärliches Licht; und nur undeutlich nehme ich die anderen Beamten wahr, die mich anstarren. Der Stationsvorsteher fragt mich: »Haben Sie Diensterfahrung?«

Ich erröte und antworte: »Nein, ich bin zum erstenmal in einem Bahnhofsbetrieb. Ich habe vor einem Monat die Prüfung gemacht.«

Er blickt die anderen an, die ärgerlich und unzufrieden zu sein scheinen. Dann ordnet er resigniert an: »Morgen früh um sieben finden Sie sich hier ein.«

Als ich hinausgehe, höre ich ihn auf die Provinzdirektion schimpfen, weil sie ihm einen untauglichen Anfänger ohne praktische Erfahrung geschickt habe.

Ich bin gleich beleidigt und verzweifelt; aber, um mich rasch an die Schwierigkeiten zu gewöhnen, übergebe ich meinen Koffer einem Dienstmann, der mit Drago angeredet wird, und sage zu ihm, er solle mich in ein Gasthaus bringen, in dem man auch übernachten könne. Auf der Straße geht er einige Schritte hinter mir; und er beobachtet mich unablässig. Ich bin gereizt und gehe schneller; ich bezahle ihn und setze mich an einen Tisch im Gasthaus. Drago wäre gern geblieben, um ein Glas Wein mit mir zu trinken; gekränkt, weil ich ihn nicht einlade, betrachtet er mich herausfordernd und boshaft spöttisch.

Die Wirtin der Herberge mustert mich eindringlich, bevor sie nähertritt, sich mit beiden Händen an den Türpfosten stützend. Da schlage ich die Augen nieder. Als ich wieder aufblicke, sehe ich, daß sie nicht mehr da ist. Aber ich höre sie laut mit Drago sprechen, der aus rauher Kehle grunzend zustimmt. Ich bleibe sitzen, weil das Gewicht meines Körpers stärker ist als ich.

Ein Lokomotivführer, der gerade zwei Eier ißt, wirft einen Blick in die aufgeschlagene Zeitung und auf mich; ich werde unruhig und klopfe mit den Knöcheln auf den leeren Teller vor mir. Ich vernehme das Scharren zurückgeschobener Stühle, einen unterdrückten Wortwechsel, und eine große, imposante Frau erscheint und fragt nach meinen Wünschen. Es ist die Kellnerin.

»Essen«, antworte ich.

»Dann schicke ich die Chefin.«

Diese hat hinter der Tür gewartet und tritt heran; und

beide betrachten mich schweigend. Der Lokomotivführer fixiert mich so eindringlich, daß ich mich abwenden muß. Mit einer Stimme, der ich einen freundlicheren Klang zu geben versuche, frage ich: »Was haben Sie?«

Aber die Chefin ist noch griesgrämiger und will mir beibringen, daß ich nicht so anspruchsvoll sein solle. »Wollen Sie eine Suppe, zwei Eier, ein Steak...?«

»Ein Steak.«

Sie verhehlt nicht, daß sie beleidigt ist. »Wollen Sie keine Suppe?«

»Nein.«

»Aber es ist eine ausgezeichnete Brühe!« Und sie sieht zu dem Lokomotivführer hin, damit er zu ihr hält.

Trotzdem bleibe ich fest. »Ich will ein Steak.«

Darauf antwortet sie mir mit einer Verachtung, die keine Entschuldigung kennt: »Jawohl, mein Herr.«

Es ist nicht schwierig für mich, zu begreifen, daß ich sehr unsympathisch wirke, und der Lokomotivführer beweist es mir eindeutig mit seinen Blicken.

Ich esse und gehe zu Bett, doch zuvor muß ich allen, die sich in dem Gasthaus aufhalten, bestätigen, daß ich der neue Beamte bin.

Und nun müßte ich an Attilia schreiben; aber zum erstenmal fühle ich, daß mein Herz voll ist von dem, was ich tagsüber getan und gesehen habe. Kann ich ihr davon schreiben? Mein Gefühl ähnelt einem Mäuschen, das in einem Zimmer, das sich mit Leuten füllt, überrascht wird, bevor es Zeit gefunden hat, in sein Loch zu schlüpfen. Daher kann ich ihr nicht schreiben, wie sehr sie meine Augen im Dunkeln auch suchen.

Aber ich steige noch einmal aus dem Bett, um ihre Rose aus der Tasche zu ziehen und hinter den Spiegelrahmen zu klemmen.

3. März

Ich stehe rasch auf. Als ich zwei oder drei Pfiffe höre, öffne ich das Fenster. Nebel bedeckt den Arno und den ganzen Ort, aber über einem Gebäude entdecke ich ein Rauchfähnchen, das aus einer der Dampfpfeifen aufsteigt. Ein Zug kommt an. Am Flußufer gehen drei Mädchen hintereinander in der dem Zug entgegengesetzten Richtung.

Ich kleide mich an und begebe mich ins Büro. Meine Kollegen frühstücken, Brot und eine Scheibe Pökelfleisch.

Ich bin sehr verlegen und vermeide es, zu sprechen. Inzwischen tritt der Fahrdienstleiter ein. Wenn er nicht die Brille und die schwarze Mütze mit den Goldlitzen hätte, würde ich ihn für einen kleinen, vierschrötigen Bauern halten, der einen blonden Schnurrbart und helle, kalte blaue Augen hat. Ich ziehe den Hut, und er fragt mich mit einem forschenden und zugleich boshaften Blick: »Warum haben Sie gestern abend nicht mit uns gegessen? Wir hatten für Sie einen Platz freigehalten.«

»Ich habe nicht gewußt, wo.«

Er glaubt es mir nicht und wirft mir vor: »Ach was, dazu gehört nicht viel! Dort ist es, sehen Sie.«

Er weist auf eine kleine Schenke an einer Seite des Bahnhofsvorplatzes.

Meine Kollegen sind gespannt, was ich ihm antworten werde.

»Ich komme heute.«

Aber der Fahrdienstleiter ist noch nicht fertig. »Haben Sie ein Zimmer gefunden?«

»Nein.«

»Wir haben daran gedacht. Sie nehmen das von Agostino, dem Bahnpostler, der nach Pisa versetzt ist.«

Ich bedanke mich; und nachdem er sich, wie ich hinterher erfahre, Gewißheit verschafft hat, daß ich mich noch nicht mit dem stellvertretenden Fahrdienstleiter, seinem Feind, verständigt habe, reibt er sich die Hände und sagt mit gespielter Gutmütigkeit: »Bringt ihm bei, was er zu tun hat.«

Er geht hinaus. Aber während ich mich noch frage, ob ich etwas verkehrt gemacht habe, brechen meine Kollegen in Lachen aus. Einer nimmt einen Stuhl und schubst ihn gegen den des Fahrkartenverkäufers, der sofort zu fluchen beginnt. Die Flüche verwirren mich, und ich stelle mich vor die Scheiben der Eingangstür und betrachte die Leute, die auf dem Vorplatz auftauchen: ein paar Dienstmänner, viele vollgeladene Fuhrwerke mit Plane oder rotem Verdeck.

Drago spaziert vor dem Fenster auf und ab, und kaum erblickt er mich, da spuckt er aus. Ich erzähle alles dem Fahrkartenverkäufer, und er erklärt mir: »Wenn du ihm nichts zu trinken bezahlst, wird er nie aufhören.«

Nach einer halben Stunde kann ich arbeiten; doch die Register sind so voller Korrekturen und Tintenkleckse, daß ich nicht weiß, was ich schreiben soll.

3. März, 14 Uhr

Nach dem Essen habe ich mir das Zimmer angesehen. Es ist drinnen im Ort. Ich muß eine enge und dunkle Treppe hinaufsteigen und einen Raum voller Packen und Bündel durchqueren. In einem Loch ohne Fenster und Tür schnarcht ein Mann. Eine Frau erklärt mir, es sei ein Gepäckträger, der sich vom Nachtdienst ausruhe.

Mein Zimmer hat ein Fenster mit einem mächtigen Gitter davor, und ich rieche einen bedrückenden Gestank: die Luft dringt aus einem kleinen Hof herauf, der zum Ortsgefängnis gehört; überdies scheint der Motor einer elektrischen Maschine das Haus in seinen Fundamenten zu erschüttern. Ich bin den Tränen nahe; aber da ich keine Zeit habe, mir etwas Besseres zu suchen, vereinbare ich den Preis.

Auf den Straßen werde ich von allen gemustert. Die Mädchen, die zur Arbeit in die Fabrik gehen, lachen über mich. Eine sagt laut: »Wie häßlich er ist! Er sieht aus wie ein Priester.«

Ich bleibe stehen und schaue sie an. Sie und ihre Begleiterinnen senken den Kopf und unterdrücken das Lachen. Doch nach wenigen Schritten weht mir der Wind den Hut unter die Räder der Elektrischen, die mit viel Lärm von Pisa kommt. Er ist schlammverschmutzt, die Krempe abgerissen. Die Mädchen sind stehengeblieben und biegen sich vor Lachen. Ich muß wohl lernen, mich an alles zu gewöhnen, und muß zeigen, daß ich mich nicht ärgere. Aber wie gekränkt ich mich fühle!

Bevor ich in den Bahnhof zurückkehre, spazierte ich am liebsten noch am Arno entlang; aber ich habe keine Zeit mehr. Ich bin traurig.

5. März

Ich verbringe die Tage in einer Beklemmung, die unheilbar ist. Außerdem bin ich sehr reizbar. Ich begreife nur langsam, was ich zu tun habe. Zum Frühstück esse ich ebenfalls Brot und Pökelfleisch und trinke danach ein Glas Rotwein in der Bahnhofswirtschaft. Aber nie beteilige ich mich an den lärmenden Späßen und dem Gerede meiner Kollegen.

Manchmal fragt einer, der an die Gepäckaufgabe kommt, den Schalterbeamten: »Ist das der Neue?«

»Ja.«

Dann sieht mich der andere belustigt und zugleich mitleidig an und sagt: »Wie komisch er ist!«

Der Kollege will mich vor einer Feindseligkeit schützen, die mich verletzen könnte, und antwortet: »Aber er ist gut.«

Ich glaube, daß dieses Wort in ihren Herzen dieselbe Wirkung hervorruft wie in meinem; aber sie glauben es nicht und gehen davon, ohne den Blick von mir abzuwenden. Wenn Drago draußen in der Bahnhofshalle ist, kehren sie sogar zu zweit oder zu dritt mit ihm zusammen zurück, stellen sich dorthin und sprechen leise über mich. Und der letzte Blick ist immer boshaft. Warum beurteilen sie mich so schlecht? Ich starre Dragos zartrosa Nase an.

Es ist mir gelungen, Attilia einen langen Brief zu schreiben. Die Leute hier wissen nichts von meiner Liebe und sind daher nicht in der Lage, mich davon abzubringen. Sie können mich verachten und mir jede Unverschämtheit antun, aber das nicht! Attilias gute und sanfte Augen würden sich niemals verändern.

5. März, abends

Zusammen mit dem Fahrdienstleiter Dante Brilli und einem jungen Mann aus Florenz, der Marcello Capri heißt und wie ich Anwärter ist, gehe ich essen. Der Inhaber unserer Schenke arbeitet in einer Ziegelei und kommt nur zu den Zeiten nach Hause, in denen auch wir freihaben. Aber er hilft seiner Frau nicht, sie muß kochen und bedienen und trägt fast immer eins ihrer beiden Kinder auf dem Arm.

Unsere Tischgenossen gehören zum fahrenden Personal. Wir bestellen die Mahlzeiten zwei Stunden vorher, weil die Wirtin einen so kleinen Kreis von Stammkunden hat, daß sie nach deren Wünschen einkauft. Ohne dieses System fänden wir nur gekochte Eier und Salat vor.

Heute bin ich Drago dort begegnet. Er hat nur den Fahrdienstleiter begrüßt, mit einer Stimme, die schneidend scharf war, denn er wollte mir seinen Haß zu verstehen geben. Warum bezahle ich ihm nicht ein Glas Wein, und wir schließen Frieden? Ich bezahle ihm keins, weil ich weiß, daß er alle gegen mich aufhetzt. Er hat es so weit gebracht, daß auch der Bahnhofsvorsteher zu mir nicht mehr so gutmütig ist wie an den ersten Tagen. Die anderen haben mir gesagt, falls es ihm gelingt, den stellvertretenden Fahrdienstleiter auf seine Seite zu ziehen, dann werde ich vielleicht sogar auf irgendeine Station im Gebirge versetzt, fern von Florenz. Auch beim Bürgermeister von Pontedera ist er wohlangesehen, denn wenn er ihm den Wein ins Haus bringt, dann paßt er auf, daß nicht eine einzige Flasche wegkommt. Er sitzt mir gegenüber, läßt sich einen Liter bringen und bietet dem Fahrdienstleiter ein Glas an. Ich verzeihe ihm. Am liebsten finge er Streit mit mir an, und er versucht, mich unter allen möglichen Vorwänden in ein Gespräch zu ziehen. Bevor er geht, sagt er: »Leute ohne Schnurrbart kann ich nicht leiden!«

Und Brilli fragt mich: »Warum lassen Sie sich keinen wachsen? Wissen Sie, daß Sie ein hübscher Kerl sind? Warum wollen Sie keinen Schnurrbart haben? Hier in Pontedera wird jeder Sie schief ansehen.«

Ich antworte: »Das habe ich gemerkt. Aber ich will nicht nachgeben.«

Da sagt der Fahrdienstleiter bedauernd: »Sie werden es bereuen.«

Capri dagegen will die Sache ins Lächerliche ziehen. Er erzählt, daß auch der stellvertretende Fahrdienstleiter mir raten will, einen Bart wachsen zu lassen. Da erwidert Brilli: »Der soll lieber an seine eigenen Fehler denken. Ich begreife nicht, daß er sich im öffentlichen Dienst halten kann.«

Weil er uns für sich gewinnen will, bezahlt er uns beiden einen halben Liter Wein; ich kann es nicht ablehnen und mich auch nicht aus dieser Meinungsverschiedenheit heraushalten. Überdies fragt mich die Wirtin: »Warum haben Sie am ersten Abend nicht bei mir essen wollen? War Ihnen mein Restaurant vielleicht zu bescheiden? Man sieht Ihnen gleich an, daß Sie keine Erfahrung haben. Aber Sie müssen sich eingewöhnen. Signor Brilli ißt lieber hier als in jedem anderen Lokal, und Sie sind weniger als er.«

Lächelnd sagt der Fahrdienstleiter: »Vielleicht hält er sich im stillen für mehr, als ich bin.«

Marcello Capri fügt hinzu: »Das habe ich auch gemerkt. Du verstehst es nicht, uns als deinesgleichen zu behandeln. Warum denn? Hier sind wir alle gleich.«

Ich frage: »Warum denken Sie so etwas?«

Darauf wirft mir Brilli rücksichtslos vor: »Das ist die Wahrheit. Und erlauben Sie sich nicht, so mit Ihren Vorgesetzten zu sprechen.«

Ich bin verstimmt und begreife, daß es besser ist zu schweigen. Kaum gelingt es mir, die letzten Bissen zu schlucken. Da ich morgens keine Zeit habe und abends sofort einschlafe, schreibe ich alle Tage, bevor ich vom Mittagstisch aufstehe, Attilia einen Brief. Der Brief ist fast immer lang, deshalb unterhalte ich mich nicht mehr mit meinen Tischnachbarn. Der Fahrdienstleiter fragt mich gereizt: »Was schreiben Sie denn da?«

Die Wirtin bemerkt: »Das darf man nicht erfahren.«

Ich versuche freundlicher zu sein und antworte: »Ich habe eine Verlobte in Florenz.«

Die Wirtin starrt mich an und stichelt: »Ich halte es für unmöglich, daß Sie eine Frau lieben können. Sie sind so unfreundlich!«

Anfangs glaube ich, daß es sich um einen vertraulichen Scherz handelt, aber Brilli und Marcello Capri nicken beifällig.

Inzwischen ist der größere Junge der Wirtin über eine Flasche gestolpert. Er fällt hin und weint. Und sie sieht mich an, als wäre ich schuld daran.

6. März

Attilia ist krank. Sie hat es mir von einer Freundin schreiben lassen; aber ich habe keine genaueren Nachrichten.

Sparagio, ein Gepäckträger, der sich nicht mit Drago versteht, teilt mir mit, daß in meinem Zimmer jeden Mittwoch ein Dentist Zähne zieht. Ich lasse es den Bahnhofsvorsteher wissen, der mir gestattet, hinzugehen und ihn zu überraschen.

Tatsächlich, die Tür ist offen, und darüber steht auf einem Schild: Giulio Boschetti, Zahnarzt aus Empoli, behandelt und zieht Zähne von zehn bis zwölf Uhr.

Ich trete ein, er hält mich für einen Patienten, verbeugt sich und ruft freudig aus: »Nehmen Sie Platz.«

Ich sehe, daß meine Bücher und meine Hemden auf dem Boden liegen, und auf dem Tisch steht geöffnet eine Kassette voller glänzender Instrumente, an denen Blutspritzer kleben.

Ich schreie ihn an: »Das ist mein Zimmer!«

Der Mann wird unruhig.

»Ich sage Ihnen, das ist mein Zimmer, scheren Sie sich raus.«

»Davon weiß ich nichts. Gehen Sie zum Hauswirt.«

Ich tue es, aber nur seine Frau ist da. Ich bin wahrhaft wütend. »Warum erlauben Sie... Es ist eine Schande. Sie geben mir das Geld zurück, und ich ziehe aus.«

Die Frau zupft eilig ihr Kleid zurecht und entschuldigt sich: »Was ist denn so schlimm dabei? Wir haben es immer so gemacht.«

»Sie hätten es mir sagen müssen. Dann hätte ich das Zimmer nicht genommen.«

»Mein Mann wird Ihnen das Geld zurückgeben.«

Ich schreie lauter: »Wo ist er?«

»Ich weiß es nicht.«

Den Dentisten fahre ich an: »Verschwinden Sie!«

Als meine Kollegen das erfahren, amüsieren sie sich und suchen gleich ein anderes Zimmer für mich.

Als ich noch einmal hingehe, um meine Sachen zu holen, und der Hauswirt mir das Geld zurückgibt, entschuldige ich mich beinahe bei ihm. Dieser Zwischenfall bewirkt, daß ich bedaure, von zu Hause weggegangen zu sein, ohne daß mein Vater meinen Heiratswunsch gebilligt hat. Und ich sage mir, daß ich die wichtigsten Angelegenheiten nicht nach meinem Willen regeln darf.

Ich muß stets vermeiden, daß mir Unangenehmes widerfährt, weil ich es nicht in Ordnung zu bringen verstehe.

Zugleich wünsche ich fast, noch mehr davon zu erleben, um mich an alles zu gewöhnen. Warum bin ich nicht auch noch bestohlen worden? Ich würde zur Polizei gehen, ließe mir die Sachen zurückgeben und würde nach Hause schreiben.

Ich bin begeistert und würde gern mit dem Zähnezieher Freundschaft schließen. Was für Spaß hat es mir gemacht, die Frau des Hauswirtes anzuschreien! Nun fürchte ich mich vor nichts mehr und hoffe, in dem neuen Zimmer Abenteuer zu erleben, um die mich der ganze Ort beneidet! Könnte es nicht sein, daß ich mich gegen jemanden verteidigen müßte, der nachts in mein Zimmer eindringt? Vielleicht bestaunt dann die Wirtin meinen Mut? Ich wiederhole ihren Namen, den ich eben erfahren habe: Dina Calamai. Auch Sparagio würde sehen, wer ich bin. Alle würden sagen: Wie froh wir sind, daß Leopoldo Gradi nach Pontedera gekommen ist! Und wenn ich später meine Frau herbringe, dann wird ihr ein herzlicher Empfang bereitet. Es fehlte nicht viel, und ich hätte Girlanden am Bahnhof gesehen.

Pontedera ist das beste Städtchen, das es gibt; und Drago hat recht, ich muß einen für ihn ausgeben.

7. März

Der Bahnhofsvorsteher ist versetzt worden; zwei Tage lang schalten und walten die unteren Beamten.

Seine seit vielen Jahren herzkranke Frau ist in einem Sessel in ein Abteil getragen worden. Er hat uns alle umarmt, einen nach dem anderen, von den obersten bis zu den niedersten. Und die Gepäckträger stehen eine Viertelstunde lang mit dem Hut in der Hand.

Der neue Stationsvorsteher hat sechs Töchter und einen Sohn. Er ist alt, hager und äußerst nervös. Er führt sofort einige Veränderungen ein. Alle bedauern den anderen, und vor allem die Fahrdienstbeamten schüren die Unzufriedenheit.

Er bemerkt es bald und entschließt sich erst recht, bei seiner Methode zu bleiben.

Aber ich will lieber von mir sprechen. Es ist seltsam, daß ich gern die Briefe lese, die mir die noch immer kranke Attilia von ihrer Freundin schreiben läßt. Wenn ich auf dem Umschlag die langgezogene, kräftige Schönschrift sehe, die ein wenig den Mandeln ähnelt, erbreche ich ihn noch eiliger, als täte ich es aus Verehrung und Achtung vor ihr. Und ich habe bemerkt, daß der dritte Brief, obwohl ich sie nicht kenne und sie mich nicht kennt, nicht wie der erste von Attilia diktiert zu sein scheint. Man spürt, daß sie etwas wie Freundschaft für mich empfindet. Und da auch ich weiß, daß sie meine Briefe liest, gelingen sie mir noch besser, als hätte ich mehr zu sagen.

Diese Vermischung der Gefühle mag ich nicht!

Heute aber habe ich etwas Aufregendes erfahren. Ich habe erfahren, daß die Calamai die Geliebte des stellvertretenden Fahrdienstleiters ist. Als sie Brilli mitteilen, daß sie nun meine Vermieterin ist, zieht er ein Gesicht und will mich überreden: »Versuchen Sie, ohne Verdacht zu erregen, herauszubekommen, wann sie zusammen sind, und berichten Sie es mir. Sind sie dazu in der Lage? Ich komme mit zwei oder drei einflußreichen Leuten aus dem Ort hinzu, und wir zwingen ihn, um Versetzung zu bitten. Es genügt, wenn Sie das schaffen, für den Skandal sorge ich dann schon. Bei einem solchen Skandal garantiere ich Ihnen, daß er nicht eine Stunde länger in Pontedera bleiben kann. Auch für Sie, lieber Signor Gradi, ist es nicht schön, den Anstandswauwau zu spielen! Wenn meine Wirtin nicht eine höchst unbescholtene und ehrenwerte Frau wäre, hielten mich keine zehn Pferde bei ihr!«

Von der Leidenschaft des Hasses hingerissen, fährt er fort, nachdem er zweimal an seiner Zigarre gesogen hat: »Begreifen Sie nicht, daß auch Sie sich kompromittieren, wenn Sie dieses Verhältnis dulden? Sie können an Ansehen gewinnen, wenn Sie der erste sind, der es aufdeckt. Es kann Ihr Glück bedeuten. Hören Sie auf mich. Im übrigen sage ich es Ihnen noch im guten, und ich garantiere Ihnen, daß ich Ihnen später nicht mehr erlauben würde, mich anzusprechen.«

Ich dagegen möchte die Wirtin am liebsten warnen, damit sie sich vor der Gefahr einer Entdeckung hütet. Wenn ich es nicht tue, dann nur, damit sie nicht glaubt, daß auch ich ihr den Hof mache. Aber als ich eben aus meinem Zimmer kam, sah ich Drago das der Vermieterin verlassen. Sein fröhliches Antlitz und sein Schleichen auf den Zehenspitzen verrät mir alles: Drago verabredet sich heimlich mit ihr, wenn der stellvertretende Fahrdienstleiter mit Sicherheit im Dienst ist.

Mit klopfendem Herzen und unschlüssig, ob ich es Brilli mitteilen soll, steige ich die Treppe hinunter. Da hält mich der Gepäckträger an. »Wenn Sie keiner Menschenseele sagen, daß Sie mich in ihrer Wohnung gesehen haben, verspreche ich Ihnen meine Freundschaft. Ich bin ehrlich.«

»Ich verstehe, daß Sie sich meiner versichern wollen und trotzdem weiter nur Schlechtes über mich erzählen werden! Jetzt, da ich Ihnen schaden kann, haben Sie Angst.«

»Möge Gott mir das Augenlicht in diesem Moment nehmen, in dem ich diese Worte ausspreche, wenn das meine Absicht ist. Kommen Sie mit mir ein Glas Wein trinken, das ich Ihnen bezahle, und wir reden nicht mehr darüber. Die heilige Lucia, die Gesegnete, die mein Augenlicht beschützt, strafe mich, wie sie will, wenn ich es verdiene.«

Er ergreift meine Hand und zieht mich auf die Straße hinaus. Nachdem wir zusammen getrunken haben, geht er in den Ort und ich auf den Bahnhof. Aber mein Herz ist übervoll, und ich informiere sofort den Fahrdienstleiter, obwohl es etwas schwierig ist, den anderen nicht aufzufallen, wenn man unbemerkt sprechen will. Der Fahrdienstleiter bleibt stumm, und sein Gesicht zieht sich allmählich zusammen, bis es nicht mehr zu erkennen ist. Beim Überlegen, wie er die Sache aufnehmen soll, bearbeitet er die Unterlippe mit Daumen und Zeigefinder. Ich verstehe, daß es ihm schwerfällt, schließlich lacht er laut auf, so daß sich alle umdrehen, die unter dem Dach des Bahnhofes sind. Ich fürchte, er tut das, um mich bloßzustellen, aber er tätschelt mir das Gesicht und sagt: »Sie können nicht zufriedener sein! Bravo, Gradi! Sie benehmen sich auch im Dienst gut und werden vor den anderen Karriere machen.«

Überzeugt, daß sie keinen weniger geschwätzigen und neugierigen Mieter als mich finden kann, begrüßt mich die Hauswirtin jedesmal, wenn sie mich erblickt, herzlicher, als wenn sie meine eigene Mutter wäre. Nichts fehlt mir in dem Zimmer; sie stellt mir sogar zwei Wasserkrüge hin und tauscht die alte, abgeschlagene Waschschüssel gegen eine fast neue aus, die innen und außen rot gestreift ist; und ich finde alles in Ordnung.

Ich gestehe, daß ich deshalb weniger traurig bin, wenn ich allein im Zimmer sitze.

Das Fenster geht auf einen vernachlässigten Weinberg hinaus; seitlich liegen die beiden Gleise, die von Empoli nach Pisa führen. Neben dem Weinberg viele, durch niedrige Mauern getrennte Gärten, vor dem Hauseingang ein Brunnen; daraus schöpfen sie das Wasser mit einer langen Stange, die über einem Querbalken das Gleichgewicht hält. In dem Zimmer unter mir wohnt eine Frau, die in den Bahnhofstoiletten arbeitet. Ich vermute, daß einer der beiden Rangierer ihr Geliebter ist.

Und heute, froh darüber, daß ich keine Angst mehr vor Drago zu haben brauche, habe ich zum erstenmal die Krawatte umgebunden, die mir Attilia geschenkt hat.

9. März

Wenn sich mir jemand nähert, den ich nicht kenne, habe ich Angst, manchmal auch, wenn es sich um einen Freund handelt. Ich habe nicht eigentlich vor ihm Angst, sondern vor den Folgen, die für mein Herz entstehen, wenn ich zu sprechen beginne.

Manchen Leuten habe ich mich deshalb niemals nähern wollen. Ich erinnere mich, daß ich in einer Straße am Stadtrand von Florenz hinter den Vorstadthäusern an dem grünen Zaun eines Gemüsegartens entlanggehen mußte. Und wenn ich nun, bevor ich näherkam, den Gärtner am offenen Gatter stehen sah, kehrte ich um oder wechselte auf die andere Straßenseite hinüber und vermied, zu ihm hinzublicken.

Wenn manche Menschen die unauslöschlichen Spuren kannten, die sie in mir hinterlassen haben, dann wären sie überrascht. Bedenke ich, daß ich aus so vielen Linien bestehe, wie es Tage gibt, dann frage ich mich, ob ich es bin, der existiert, oder ob es die Dinge sind, die ich vor Augen habe. Und ich frage mich, was es bedeutet zu leben.

Warum kann ich niemals meine verflossenen Jahre vergessen, die sich ausgebreitet haben wie das Moos auf den Steinen?

Wie viele Augen und wie viele Blicke, die mich zittern machten und mein Gemüt verstörten, sehe ich noch heute!

Da war ein Mann mit verkrüppelten, nach innen gebogenen Füßen, der den ganzen Tag unter den Logge dei Lanzi saß. Er hatte die Krücken an die Mauer gelehnt und plauderte mit anderen Männern, die sich in allen möglichen Berufen durchs Leben schlugen. Aber meistens wurden sie angestellt, um mit einem Handkarren das Gepäck von den Hotels zum Bahnhof zu bringen. Oder wenn jemand umzog. Drei von ihnen habe ich in Erinnerung. Einer war bucklig und hatte einen schwarzen Bart; ein anderer hatte einen weißen Schnurrbart und tätowierte Arme; der dritte, von gedrungener Gestalt und mit schwarzem Schnurrbart, hatte immer denselben verblichenen Rock an.

Der mit den Krücken, der nicht arbeiten konnte, starrte mich immer so an, daß ich ihn schließlich zu hassen begann. Er sah meine Beine an, als wollte er sie mir abreißen.

Wenn die Sonne jene Stelle nicht mehr beschien, setzten sie sich auf die Stufen des Palazzo Vecchio. Da war auch ein blöder Junge, der mit einem Rückentragkorb voller Holzspäne vorbeilief. Er war mager und hatte ein spitzes Kinn und dunkelgrüne Augen. Er war mir immer zuwider, und einmal packte er mich am Arm.

Ich ekelte mich vor einem Schulkameraden, einem dicken Dummkopf mit Schweinsaugen und einem gelähmten Arm, an dessen Hand der Daumen fehlte. Wenn es ihm gelungen war, mich an der Hand zu fassen, mußte ich schreien, um nicht zu weinen.

Und immer wieder hatte ich einen Alptraum vor einer Frau, dürr und gelb, mit braunen Augen, in denen ein fast rotes Licht brannte. Ich weiß nicht, wer es gewesen ist.

Und ein hochgewachsener Priester mit glänzenden schwarzen Augen nahm mir den Mut: Ich kam so traurig nach Hause, daß ich am liebsten sterben wollte. Einmal, im Frühling, machte ich, statt in die Schule zu gehen, einen langen Spaziergang durch die Via delle Càmpora.

Ich gelangte an eine Stelle, die so schön war, daß ich mich noch jetzt erinnere. Der Mais hatte schon Kolben angesetzt, und mittendrin funkelte klar und durchsichtig das Wasser eines Tümpels. Die Hecken waren erblüht, und ich fand Freude daran, mit Stirn und Händen die Fäden der Spinnennetze zu berühren, die sich zwischen den Olivenbäumen spannten. Die Reben waren verschnitten und mit neuen Weidenruten festgebunden.

Ich blieb stehen und betrachtete die Früchte und die Zypressen an den Rainen und eine Straße, die zu den Häusern der Bauern führte. Ich glaubte sehen zu können, wie die Erde sich in Früchte und Bäume verwandelte. Die Sonne war sehr mild, weil sie noch nicht hoch stand, und ihr Licht spielte zwischen den Pflanzen. Die Vögel flogen von den Ästen über die Straße und die anderen Felder. Sie schüttelten dabei die Tropfen des Morgentaus herab; auch auf mich. Die Fenster der Bauern waren mit rotgestrichenen Läden geschlossen; und Gras wuchs überall, auch am Straßenrand. Ich fühlte mich so glücklich, allein zu sein, und dachte an gar nichts mehr. Ich wollte fliehen und nicht nach Hause zurückkehren. Der Himmel blendete mich.

Während ich so stand, wandte ich mich um und erblickte in der Nähe einen Mann, der mich hämisch grinsend ansah. Ich mußte weinen, und ich konnte diese Felder nicht vergessen.

10. März

Ich sage zu der Gastwirtin, daß die Brühe nicht gut schmeckt. Sie bekommt rote Augen, und der Fahrdienstleiter behauptet, der Vorwurf sei zu hart. Als ich weniger zu tun habe, gehe ich deshalb zu ihr unter dem Vorwand, etwas trinken zu wollen. Sie näht gerade ein großes Bettuch, und ihre Kinder vergnügen sich mit einem Stuhl.

»Signora Marianna, ich wollte Sie vorhin nicht beleidigen.«

Mit ihren sanften Augen schaut sie mich an und errötet. Dann seufzt sie und antwortet: »Und Sie haben mir übelgenommen, daß ich meine Empfindlichkeit nicht verbergen konnte?«

»Nein.«

»Dann wollen wir Frieden schließen. Trinken Sie diesen Weißwein; er ist besser als der, den Sie alle Tage trinken.«

Sie schenkt mir ein Glas funkelnden Wein ein. Um sie noch mehr zufriedenzustellen, trinke ich ihn in kleinen Schlucken und schnalze mit der Zunge. Dann grüße ich sie auch noch von draußen, nachdem ich die Glastür geschlossen habe. Sie ist sehr arm und gewährt mir einen ganzen Monat Kredit. Und da sie nicht schreiben kann, vertraut sie auf das, was ich in meinem Büchlein notiere.

Nach dem Abendessen muß ich die vierzehntägliche Abrechnung beenden, die ans Kontrollamt in Turin geschickt wird. Der Bahnhofsvorsteher ist nicht da, der Assistent schläft auf dem Sofa, die Mütze über das ganze Gesicht gezogen. Gegen Mitternacht trete ich hinaus unter das Vordach. Über der Ebene liegt Nebel, ich zünde mir eine Zigarette an. Mir ist, als höre ich ein undeutliches Wispern durch die ganze Ebene; vielleicht tröpfelt der Nebel auf Blätter und Gräser. Vielleicht streicht der feuchte Wind hindurch. Auch die Sterne scheinen in Wasser getaucht. Die Einsamkeit aber betäubt mich. Versunken betrachte ich die beiden Schienenstränge, als suchte ich zu ergründen, was sie mir sagen wollen. Ich sehe sie an und begreife nichts. Plötzlich streift mich ein lärmendes Etwas; beim Vorbeibrausen ein Pfiff, der in der Luft zerflattert.

Der Schnellzug!

Später erfuhr ich, daß er einen Weichenwärter überfahren hat, dem die Laternenhalterung den Kopf abgerissen hatte.

11. März

Wenn ich gestern abend verunglückt wäre! Statt dessen liegt in der Luft schon das Leuchten des Frühlings, und meine Lebensfreude ist groß. Warum ist es möglich, daß ich sterbe? Der Bahnhof, in dem ich an der Kette liege wie ein Hund in seiner Hütte, ist klein, aber die Landschaft dehnt sich unbehindert. Sollte es möglich sein, eines Tages von hier wegzugehen?

Die Zypresse im Vorgarten scheint mittags leichter zu

sein als ihr Schatten; das Mittagslicht blendet; und ich bin so durchgedreht, daß ich mich frage, ob nicht auch meine Hände rot gestrichen sind wie ein Gartenzaun.

Bei soviel Licht wirkt sogar das Haus neu.

Was kümmert es mich, daß die Knospen schon anschwellen? Was kümmert es mich, daß diese Felder lieblich sind, wenn meine Seelenstimmung sie nicht übertrifft?

Eben hatte mich der Mittag völlig eingeschlossen zwischen den Feldern und den Bäumen; ich hätte nicht entweichen können.

Und in diesem Licht war es, als wäre nichts gewesen außerhalb meines Herzens.

Ach, wie gern fühlte ich mich unter diesem mit Immergrün bedeckten Dach wohl, was fast so grün ist wie die Gärten ringsum! Die Gärten, die dafür gemacht scheinen, das Wasser zurückzuhalten, das ich unsichtbar für mich hinter der Mauer, hinter dem Zaun an der Weide rinnen höre, als würde es in der hohlen Hand oder in einem Kohlblatt aufgefangen.

Und wie die anderen Weidenbäume mit ihrem Blaßgrün zwischen dem bläulichen Grün der Kohlköpfe spielen, das sich von dem helleren Salat abhebt!

In meinem Herzen gibt es nur Totenbahren und Todeskämpfe, die an mir vorüberziehen mit einem irgendwo gekauften Blumengebinde, das den Sarg schmückt, einem armseligen Kranz, der fürchtet, beim Holpern des Wagens herabzugleiten.

Und wenn ich das Fenster öffne, fühle ich, daß sich mir das Herz zusammenkrampft und ich kopfüber auf die Straße hinunterstürze.

Arme Rose Attilias, ich und du, wir sind allein.

Ich und du wie in einer öden, einsamen Welt; und keiner denkt an uns. Aber wir beide können einander nicht vergessen.

Zwischen den Seiten des Buches, das ich von Zeit zu Zeit aufschlage, um dich wiederzusehen, gibst du dir Mühe, deine Farbe zu bewahren, die jetzt wie geronnenes Blut ist.

Aber keinem dürfen wir von uns und unserer Geschichte erzählen, die so einfach ist, daß man sie für albern hielte. Unsere Geschichte besteht schließlich darin, daß ich dich immer besessen und immer mehr geliebt habe. Die Feldwege verschwinden in dem fast schwarzen Grün, das aus den Weißdornhecken hervortritt. Die Schatten aber sind ebenso blau wie der Himmel. Vielleicht ist auch der alte, zerbrochene, undichte Zaun da, damit sie ihre Knospen und Blüten hindurchstecken kann.

Heute habe ich mich mit dem Fahrdienstleiter gestritten, der nun nicht mehr mit mir redet, obwohl wir immer zusammen essen. Er glaubt nicht, daß ich außerhalb des Dienstes noch nie mit seinem Stellvertreter gesprochen habe.

Ich arbeite auch sonntags; aber heute abend gehe ich drei Stunden früher. Ich habe Lust, eine Kahnfahrt bis zu der schmalen Brücke zu unternehmen, die man da unten sieht, wo der Fluß eine Biegung macht und verschwindet. Aber ich finde keinen Bootsmann.

Deshalb schlage ich den Weg in die entgegengesetzte Richtung ein.

Die Ufer sind grün bewachsen, der Arno ist ein wenig

schlammig; ich treffe eine Familie, danach ein Liebespaar. Schließlich gelange ich nach Calcinaia, einem Dörfchen, das sich grau im Wasser spiegelt. Inzwischen ist es Abend geworden. Ein Fährmann fragt mich vom anderen Ufer aus, ob ich übersetzen wolle, aber es ist mir zu spät. Ich laufe ein Stück im trockenen Flußbett entlang, in dem Fußspuren sind.

Die Sonne geht rasch unter. Einen Augenblick lang scheinen die Berge aus Gold, der Fluß glänzt; dann erlöschen die Lichtreflexe.

Ich bleibe stehen, um dem Klang einer Gitarre zu lauschen. Eine Frauenstimme ist zu hören. Es ist ein heiteres Lied. Dann ist alles still. Nur das Wasser im Fluß, das gegen einen Felsblock prallt, der weiß ist wie der Mond, rauscht eintönig.

Ich stehe noch, bis die ganze Landschaft erleuchtet ist. Ich verfehle die Straße, ein Hund tritt mir in den Weg. Ich schreie, aber keiner antwortet. Ich renne zurück und finde den schmalen Pfad oberhalb der Böschung wieder, den ich nun einschlage. Ich bin beunruhigt, aber der Mondschein erfreut mich. Ich schaue lange über die Ebene, auf der hier und da Licht aus den Fenstern blinkt.

Ich warte, daß der Lärm eines Zuges verhallt.

Als ich in die Gaststätte eintrete, gibt es nichts mehr zu essen. Nur Anschovis in Ingwersoße sind noch da und eine Portion Salat, in der ich ein Büschel Haare finde. Diesmal sage ich nichts.

Der Fahrdienstleiter beobachtet mich.

Der Mond ist schwerfällig wie das Gewicht meiner Müdigkeit. Er geht auf und wird wieder sinken wie in unnützer Bewegung; wie ich, der ich nichts zu sagen habe. Aber meine Gedanken sind auf der Straße geblieben: Ich habe sie nach und nach verloren, je näher ich gekommen bin. Aber ich finde es spaßig, den Mond so tief unten in den Pfützen im Hanffeld zu sehen.

16. März

Die Arbeit geht nicht von der Hand; ich werfe die Zahlen oft durcheinander und kann die langen Summen in den Registern nicht zusammenzählen. Wenn ich wenigstens telegraphieren lernte! Ich würde mich weniger langweilen und nicht so müde werden; aber es gelingt mir nicht, schnell genug die Papierstreifen zu lesen, auf denen die Nachrichten verzeichnet sind. Und während ich dasitze und mir der Kopf dröhnt, tritt ein Unterbeamter ein, um ein Telegramm aufzugeben; er stößt mich beiseite und nimmt meinen Platz ein. Anfangs war ich so niedergeschlagen, daß ich mich nicht wieder auf dem Bahnhof sehen lassen wollte. Dann kam mir der Gedanke, ebenso zu antworten, und ich blieb in der Nähe der Apparate, jederzeit bereit zu provozieren; doch der Unterbeamte schaute mich beim Telegraphieren von der Seite an, als wollte ich faulenzen. Ich fühlte mich noch mehr bedrückt und sprach zwei, drei Stunden mit niemandem, so verstört im Gesicht, daß alle es bemerkten. Aber gerade in dieser Zeit schrieb ich an Attilia; und meine Briefe waren schön. Sie ist noch immer krank, sie scheint eine Lungenentzündung zu haben. Ich glaube, sie wird gesund, weil ich sie liebe. Wenn ich die Briefe erhalte, die mir ihre Freundin schreibt, dann bin ich verwirrt, und mehr noch, wenn ich sie lese. Und beim Schreiben vermeide ich konsequent, auch an sie zu denken.

Ich habe vergessen zu erwähnen, daß ich nun fast täglich zu Signora Marianna gehe, um Weißwein zu trinken. Heute habe ich dort ein hübsches Mädchen vorgefunden, das Némora heißt. Ihren Familiennamen kenne ich nicht. Sie ist schwarz gekleidet, weil ihre Mutter gestorben ist.

Heute regnet es. Feucht scheinende Blitzstrahlen; und der durchsichtig helle Regen unter den grauen Wolken.

Wenn es doch auch in meinem Herzen regnete! Danach würde ich jene Frische spüren, die im Olivenhain zurückbleibt. Die Blätter der Pappeln zittern wie der Zikadengesang im Sommer. In den langen Furchen trillern Vögel, und meine Gedanken sind feucht. Ich bin so fern gewesen, und bevor ich zurückgekehrt bin, habe ich an keiner Tür haltzumachen gewagt, nicht einmal an denen, von denen Rosenduft ausging; vielleicht hätte ich den Trost eines Lächelns gefunden.

Denn wer sich meinem Herzen nähern will, der muß viel Geduld haben.

Dann verweigere ich dir nicht mehr meine Hand, o Mensch, dessen Jugend ruhig ist wie die Achtung, die ich mir wünsche. Dann beuge ich mich deinen Blicken und schicke mich an, deine Freundschaft zu fühlen, wenn sie nur rein ist wie meine Vorsätze und die Dinge, die ich dir nicht sage. Dann, o Mensch, freue ich mich, daß dein Schatten zwischen die Wände meines Hauses tritt.

Aber du hast nicht die Stimme wie das Almosen, um das ich bitte, und deine Schuhe sind nicht vom Regen gewaschen. Du brauchst mich nicht, deshalb liebe ich dich nicht und will dich nicht einmal kennenlernen.

Unter dem Regen sehe ich ein Dach. So niedrig, so kurz, über einem Haus, in das keiner hineingeht, das keiner beachtet, außer ein paar Jungen, die es beschmutzen.

Eines Abends, aber nur an einem Abend, sehe ich dort auf der Schattenseite zwei Verliebte stehen. Immer wieder blicken sie auf, um sicher zu sein, daß keiner sie entdeckt hat. Eines Nachts hat sich dort ein Betrunkener den Hals gebrochen. Im übrigen ist es immer still.

Seine toten Mauern und das Dach, das so müde ist, daß ich wünschte, es abzustützen.

Obenauf habe ich eine tote Katze gesehen, die erst verfaulte, dann abflachte, als bliebe nur das Fell, dann so dünn wurde, daß sie an den Ziegeln klebte; dann löste sich das Fell auf, und die Knochen kamen zum Vorschein; danach verschwanden auch sie. Ein schwärzlicher Fleck nur blieb mitten auf einem Dachziegel. Aber auch er wird abgewaschen werden.

In der Kirche neben meinem Haus ist nur selten jemand. Die Seitenkapellen sind mit starken Holzgittern geschlossen.

Auf dem Hauptaltar ein riesiges Ölbild, das die Madonna, auf eine Schlange und einen Halbmond tretend, darstellt. Der Himmel reicht über das ganze Bild. Von Zeit zu Zeit taucht ein Kapuziner aus dem Chor auf, kniet vor der Madonna nieder, bekreuzigt sich und betet.

Durch die Fenster sieht man die Wipfel der Zypressen sich bewegen; aber ohne das leiseste Rauschen. Man hört lediglich eine Öllampe knistern. Draußen in der Mauer, hinter einem Gitter, die Statue eines Kapuziners mit einem Schädel in der Hand.

Stets treffe ich die Bettlerin, die kein Gesicht mehr hat; als nähmen ihr die roten Geschwüre allmählich den ganzen Kopf und als blieben ihr nur Arme und Beine. Sie würde sich also noch bewegen und würde gehen können.

Als ich den Kopf wieder hebe, weil ich das Gefühl habe, daß die Beklemmung vorüber ist, bemerke ich, daß ich nicht allein bin: Das ganze Zimmer starrt mich an.

Ich kann mich nicht bewegen, ohne gesehen zu werden!

Und wenn ich weggehe und den Schlüssel im Schloß umdrehe, glaube ich, drinnen ein reicheres Leben als das meine einzuschließen.

Ich mache mir den Vorwurf, schlecht zu sein; denn im Grunde ist es für mich selbst am schlimmsten. Dagegen empfinde ich Reue über soviel Gutes, das von selbst kommt.

Also bin ich es, der fern von dieser sanften Wirklichkeit sein wollte! Und warum?

Ich bin es, der sein Herz für immer verschlossen hat; wie damals, wenn ich als Kind allein sein wollte und durch die geschlossene Tür jene beobachtete, die im Zimmer sprachen. Ich bin es, der es bereut, und dann mache ich immer wieder dasselbe, wobei ich mein Herz mit einem Lachen berausche.

Ich habe Hunger, esse aber nicht; es bereitet mir Vergnügen, diese Güte zu erfahren, die immer wiederkehrt, als wäre sie in mein Herz verliebt.

Es ist mir ein Vergnügen, den Vorwurf zu vernehmen. Wenn nur der Tag rasch zu Ende geht und, ohne eine Spur zu hinterlassen, durch die Dichte meiner Jugend schreitet. Dann glaube ich, dem Tod zu entkommen, indem ich mich in mir selbst verstecke; mit einer Angst, die mir den Atem nimmt. Während in den Räumen meiner Existenz sein Schatten dahingeht; und ich schließe die Augen, um ihn nicht zu sehen. Und manchmal fürchte ich, sie nicht wieder zu öffnen.

17. März

Marcello Capri flirtet mit der Tochter eines Ingenieurs. Sie stellt sich an ein Fenster, das auf den Bahnhofsvorplatz geht, so daß man sie auch von unserem Büro aus sehen kann.

Ich glaube, sie ist noch nicht einmal sechzehn Jahre alt; blond und rosig, aber dick wie eine reife Frau.

Sie haben einen Weg gefunden, sich heimlich zu schreiben, und sie ist ernstlich verliebt. Und da ihre Briefe voller Fehler sind, verzieht Capri immer den Mund und findet es zum Lachen. Er fragt mich: »Was rätst du mir? Soll ich sie lassen? Mein Gott, sie kann kein Wort zu Papier bringen, ohne einen Fehler zu machen! Hör nur, wie dieser Satz geschrieben ist!«

Da ich alles ernst nehme, antworte ich ihm, damit er sie nicht aufgibt: »Sie wird es lernen. Geht sie nicht noch zur Schule?«

»Ja, in die erste Berufsschulklasse.«

Auch Capri ist blond und rosig. Er wirft einen Blick auf die Schnitzer und einen zum Fenster hinauf. Nachdem er eine Viertelstunde gearbeitet hat, fragt er mich: »Schreibst du mir einen Brief für sie?«

»Gern, wenn du mir dafür die Addition durchsiehst.«

»Einverstanden.«

Ich nehme ein sauberes Blatt Papier und tue, als dächte ich nach.

Capri ist es zufrieden; doch als er sieht, daß ich nicht mehr nachdenke, empfiehlt er: »So gut du kannst.«

Als der Brief fertig ist, übergebe ich ihn meinem Kollegen. Er liest ihn durch und schreibt ihn sofort ab, wobei er manche Wörter auswechselt, die er noch nie gebraucht hat. Um sich erkenntlich zu zeigen, will er beim Abendessen erreichen, daß Brilli sich mit mir aussöhnt, und schwört ihm, daß ich es nicht mit dem stellvertretenden Fahrdienstleiter habe. Brilli ist nicht zu überzeugen, aber aus Angst, zuviel von mir zu verlangen, läßt er sich nicht lange bitten.

Seit ich den Brief geschrieben habe, geht Capri mit mir Arm in Arm und versucht mich heiter zu stimmen. Schließlich aber verliert er die Lust, und um sich nicht weiter langweilen zu müssen, behauptet er, es sei besser für mich, wenn ich allein sei. Nun fühle ich mich wirklich von allen verlassen.

Als sich der Fahrdienstleiter mit mir ausgesöhnt hat, habe ich versucht, mich ihm anzuvertrauen und auch über meine Familie zu sprechen, aber ich habe bald begriffen, daß es ihm keinen Spaß macht und er mich ziemlich schlecht beurteilt. Capri dagegen will ich mich nicht anvertrauen, weil er zwei Jahre jünger als ich und leichtsinnig ist. Als er mir erzählt, daß er in Florenz auch mit einer Chansonette befreundet war, ziehe ich mich sofort von ihm zurück und verlange, daß er von etwas anderem spricht. Capri sieht mich aus einigen Schritten Entfernung lachend an; dann tritt er wieder näher und redet schlimmer als vorher, wobei er sich besonders an obszönen Ausdrücken ergötzt.

Ich frage ihn: »Weshalb bist du so?«

»Und was willst du mit dieser Keuschheit?«

»Ich kann dich nicht leiden.«

»Ich dich auch nicht. Ich verstehe auch gar nicht, warum dir die Chansonetten nicht gefallen und warum du gleich ernsthaft lieben willst. Geh, ich glaube dir nicht. Du bist sicherlich verschlagener, als du scheinst. Bist du Priester gewesen, bevor du zur Eisenbahn gekommen bist?«

Ich lache, und Capri fährt fort: »Warum fluchst du nicht? Hör nur, wie schön dieses Wort ist, das dir so schmutzig vorkommt! Versuch es auszusprechen, du wirst sehen, daß du auch Geschmack daran findest. Und warum gehen wir nicht zu zweit zu deiner Hauswirtin, um auch ihre Liebhaber zu werden?«

Ich rücke von ihm ab; aber er faßt mich wieder unterm Arm und fügt hinzu: »Wenn du nicht willst, dann heißt das, daß du die Freunde nicht gern hast. Wenn du mein Freund wärst, würdest du mir zustimmen.«

Um es kurz zu machen, antwortete ich ihm: »Sie gefällt mir nicht, sie ist zu alt.«

»Alt? Man sieht, daß du nichts davon verstehst. Ich an deiner Stelle würde essen und schlafen, ohne einen

Pfennig zu bezahlen. Sie sollte daran denken! Und warum willst du ausgerechnet heiraten?«

Ich weiß nicht, was ich erwidern soll, und wende mich ab. Wenn ich ihn ernsthaft überzeugen müßte, dann hätte ich keinen Erfolg. Nur gut, daß er nichts mehr darüber sagt, sonst käme ich in meiner Rolle schlecht weg, einer Rolle, die mir mehr als jede andere mißfällt. Denn weshalb sollte zwischen mir und meiner Familie diese Art stummer Zwietracht sein, wenn ich Attilia nicht wirklich liebte?

Die Stimme Attilias erwächst aus der meinen; sie klingt schüchtern, deshalb bin ich, um sie zu hören, ganz still.

Wenn ich spreche, erkennt sie mich an der Stimme. Nur sie versteht mich.

Allein dadurch, daß ich mit ihr gesprochen habe, ist sie ganz die meine geworden.

Im Wohnzimmer ist niemand. Aber die Sessel und das Kanapee strahlen sanfte Ruhe aus, so daß ich die Tür nicht öffnen kann, ohne mich zu entschuldigen und guten Tag zu sagen.

Das Kanapee ist von seiner Ehrwürdigkeit überzeugt, die man ihm ansehen muß.

Und das Schweigen des Zimmers ist von dem Kanapee und den Sesseln erfüllt.

18. März

Eines schönen Morgens muß ich mit einem dumpfen Gefühl im Herzen zurückkehren; denn mitten in meinem Traum ist es wie von einem unsichtbaren Messer zerschnitten worden. Ich hatte Angst vor der Müdigkeit und litt heftig; meine Seele war völlig zerrissen, und ich war mißtrauisch gegenüber meinen Träumen. Und ich trat ins Haus mit der Angst, nicht wieder hinauszugelangen. Und meine Jugend war wie kochendes Wasser, das nicht stillstehen kann.

Aber muß es denn sein, daß diese fast heitere Unzufriedenheit mein Herz anfällt? Es kommt mir wie frisch gestrichen und noch nicht ganz trocken vor; wie eine Bahnsteigsperre. Aus der Vergangenheit krame ich manche wonnevollen Gefühle hervor, so wie man gern mal in einem Schubfach wühlt, obwohl man weiß, daß eigentlich nichts darinnen ist, was man braucht. Wobei uns alle diese Dinge, die jetzt nutzlos sind und die wir einstmals benutzt haben, in eine Unzufriedenheit versetzen, die keinen rechten Sinn hat. Und so ist es in meinem Herzen: Hier gibt es Erinnerungen, die den Anspruch erheben, für wichtiger gehalten zu werden, als sie sind. Aber ich muß dazu bemerken, daß es Erlebnisse sind, die an sich keinerlei Bedeutung haben. Sie suchen sich vielmehr an gewisse Gemütszustände anzupassen, die mich jetzt überkommen. Es sind sozusagen symbolische Entsprechungen: unnütze Scherze der Vergangenheit, die abzuwehren mir nicht einfällt. Es ist geradezu seltsam, daß ich manche Dinge, an die ich überhaupt nicht mehr gedacht habe, jetzt so deutlich wiedersehe.

Zum Beispiel standen heute morgen zwei Blinde vor meinem Haus; der eine spielte Violine, der andere Gitarre. Ich habe gleich in meinem Herzen eine moralische Frische gespürt, die mir sehr zu denken gab. Aber statt beim Nachdenken eine nützliche oder zumindest klare Überlegung über mich selbst anzustellen, war mir, als wäre es die Frische jenes Tages, vielleicht war es im März, als ich den Wind in Wellen über einen mit tiefgrünem Getreide bedeckten Hügel streichen sah.

Hinterher war ich wütend. Was denn? Kann ein ganz und gar moralisches Gefühl eine angenehme Erinnerung werden? Eine Erinnerung, die an sich nichts Besonderes war? Gewiß bezog sie sich nicht auf den Gemütszustand, den ich an diesem Tag haben würde, weil es mir sogar unmöglich wäre, mich ihrer zu erinnern.

Was hätten die anderen von mir gedacht? Ich war dazu verdammt, nur von sehr wenigen, allzu wenigen Menschen verstanden zu werden. Für alle anderen mußte ich ein gewöhnlicher Mensch sein, der nicht aus der Menge herausragt. Und währenddessen strich der Wind über jene Anhöhe mit dem tiefgrünen Getreide, und ich mußte dieses Problem allein lösen.

Aber mein Herz, das sehr gütig zu mir ist, half mir: Ich sollte in den Tagen meiner Vergangenheit, die ich niemals weggeworfen hatte, vieles wiederfinden. Ich sollte sie wieder aufnehmen, sie von der ersten bis zur letzten Zeile lesen, weil sie wie Seiten waren, die nur zur Hälfte und noch weniger gelesen worden waren. Ich sollte dort viele Bedeutungen wiederfinden, die ich entweder aus Zerstreutheit aufgegeben hatte oder auf Grund der falschen Einflüsterungen meines Willens, der sich jedesmal für unfehlbar hält. Aber das war nicht auf der Stelle zu machen! Ich glaube sogar, nicht einmal damit begonnen zu haben.

Ich mußte vor allem mir gegenüber viel ehrlicher

sein, selbst wenn ich dabei auf manche Menschen brutal wirkte, die diese volle Wahrheit nicht von mir erwarteten.

Und ich mußte mich sofort intuitiv überzeugen, daß ich mein Gefühl nur in Träumen und Ekstasen entwikkelt hatte, die nichts mit dem Leben zu tun hatten, das ich führen mußte.

Das ist der schlechte Scherz der Violine und der Gitarre gewesen; weil ich erwacht bin wie nach den Qualen einer Täuschung und mit der bestimmten Aufgabe, nicht mehr zu stammeln statt zu sprechen: Die Wörter waren Gesetze.

Aber weshalb jener Hügel mit dem tiefgrünen Getreide? Wenn ich richtig vermute, ist er vielleicht ein deutlich sichtbarer Ausgangspunkt, von dem aus ich meine Vergangenheit wieder aufnehmen muß. Er kann keinen anderen Sinn haben; ich bin im übrigen geneigt auszuschließen, daß es sich nur um eine unschuldige Erinnerung handelt. Ich weiß nicht einmal, welcher Hügel es ist: Ich erkenne ihn nicht. (Nun tut es gut, ein wenig zu weinen statt zu schreiben!)

Denn Weinen gefällt mir wie Lachen: Es ist die gleiche Freudigkeit, nur ein wenig schmerzlicher und bitterer; wie ein plötzlicher Fanfarenstoß, der die Fensterscheiben klirren macht.

Wieder bin ich zu den Pappeln am Arno gegangen, weil ich fühle, daß mir das Herz hier leichter wird. Vielleicht ahmt es das Wasser nach, das dahinfließt und stillzustehen scheint, so klar und ruhig ist es. Ich zittere mit den Pappeln, und wenn ich stehenbleibe, dann ist mir, als schlösse sich um mich die Grasdecke zwischen den

Baumstämmen; selbst mit der Luft glaube ich befreundet zu sein.

Bin nicht auch ich schon Gras geworden, um zusammen mit dem Gras des Feldes abgemäht zu werden?

Alles, was Attilia mir schreibt, gefällt mir. Sie ist ein Wesen, das auch für mich lebt. Jedes ihrer Worte bewegt sich in meinem Zimmer, ich fühle sie atmen.

Doch wenn ich spreche, spüre ich, daß mein Schweigen noch tiefer wird. Und wenn ich dann nach Hause komme, kann ich begreifen, ob ich mich so verhalten habe, wie ich mußte.

Wie schön wäre es, in der Nähe einer Dorfkirche zu ruhen mit dem bißchen Grün der Hecken und den hohen Zypressen!

Wie süß wird es sein, auf dem Sterbebett zu beichten und die Seele zu spüren!

Und plötzlich ein Gesicht wiederzusehen, das mich unaufhörlich anschauen wird!

19. März

Der Bruder meines Vaters wohnte in Mugello und besuchte uns alle drei, vier Jahre; einen Tag, nicht mehr.

Wenn ich ihn sprechen hörte, langweilte ich mich bald und starrte nur noch seine durch eine chronische Entzündung geröteten Lider an. Er erzählte, daß er sie in einer Quelle wasche, die einige Meilen vom Ort entfernt lag; er ritt auf dem Esel dorthin. Das Wasser heilte ihn, aber dann wurde es jedesmal wieder schlimmer. Mein Vater behauptete, er wasche die Lider nicht gründlich genug.

Heute schreiben sie mir, daß er gestorben ist, aber ich denke nur an seine Lider; als wären sie am Leben geblieben.

Ich wollte nicht, daß meine Mutter zu mir sagte, ich sei oft krank gewesen. Ich wollte gesund sein. Und jetzt, da mein Onkel tot ist, liebe ich ihn deshalb nicht mehr. Dafür hätte er am Leben und jung sein müssen.

Eine Arbeiterin aus der Manufaktur kommt alle Tage genau dreizehn Uhr in das Gasthaus, wenn wir da sind. Sie löffelt nur, ohne sich zu setzen, ihre Suppe, dann stellt sie sich hinter die Scheiben der Tür.

Sie ist häßlich und mager. Wenn die Postkutsche vorbeifährt, die die Pakete aus der Stadt bringt, weint sie. Aber das hört man nicht. Mit aufgerissenen Augen folgt sie allen Bewegungen des Kutschers, der vom Wagen herabgesprungen ist und mit seinen Säbelbeinen umherläuft.

Wenn dann die Postkutsche in die Stadt zurückfährt, verabschiedet sich auch die Frau von Signora Marianna und geht hinter der Schar ihrer Kolleginnen zur Arbeit.

Der Mann der Gastwirtin erklärt mir: »Der Kutscher, der bei der Post angestellt ist, hat ihr ein Kind gemacht, und jetzt sieht er sie nicht einmal mehr an!«

Ich ergreife ihre Partei, aber der Fahrdienstleiter, der sie nicht leiden kann, erwidert: »Die Reue kommt zu spät.«

Ich wage nicht, ihm zu widersprechen, auch weil ich nicht weiß, wie. Aber ich frage: »Kann er sie nicht heiraten?«

»Wie sollte er? Er hat es schon mit zwei anderen getrieben. Und diese Närrin, die in mein Gasthaus kommt, hat es genausogut gewußt wie ich! Aber sie wollte ihm trotzdem vertrauen.«

Signora Marianna fügt hinzu: »Ich habe sie schon mehrmals angefahren, sie soll nicht herkommen und meine Gäste stören; aber sie hofft auf sein Mitleid. Sie ist wirklich beschränkt.«

»Spricht er nicht einmal mit ihr?«

»Wenn er bei Laune ist, läßt er sie heimlich zu sich kommen. Und dann schickt er sie gleich wieder weg.«

»Er gerät schon noch an eine, die sich rächt«, sagt der Ziegelbrenner.

26. März

Ich habe Némora wiedergesehen und mit ihr gesprochen. Warum habe ich mit ihr gesprochen, wenn ich ihr nichts zu sagen hatte?

Und warum passe ich vom Fenster des Büros aus immer auf, daß keiner in das Gasthaus geht? Als ich sie vorhin mit einem Kohlenhändler reden sah, wurde ich eifersüchtig. Ich hielt die Türklinke in der Hand, denn wenn ich einen Vorwand gefunden hätte, wäre ich zu Signora Marianna gegangen; dann wäre ich an ihr vorbeigekommen. Némora näht ihr ein Kleid und ist von morgens bis abends bei ihr; seltener, wenn wir essen gehen. Warum habe ich mir keinen Knopf von der Jacke gerissen und sie gebeten, ihn mir anzunähen? Weil mir das Herz zu laut schlug und ich nicht wollte, daß Némora erfuhr, wie sehr sie mir gefällt. Warum hat sie mit diesem Kohlenhändler gesprochen, obgleich doch hier in Pontedera ein Mädchen mit keinem sprechen darf, wenn sie nicht will, daß man gleich über sie redet? Außerdem habe ich ihr gegenüber ein schlechtes Gewissen, weil ich ihretwegen Attilia unrecht tue. Daß sie mir gefällt, darüber besteht kein Zweifel; ich möchte wohl, daß sie mich liebt. Aber ich möchte, daß sie es mir als erste sagt, damit ich eine Entschuldigung habe.

Jemand fragt mich: »Warum sind Sie nicht gern in Pontedera? Sie könnten die Tochter des steinreichen stellvertretenden Fahrdienstleiters heiraten oder eine vom Bahnhofsvorsteher und könnten in Ruhe leben.«

Ich habe nicht den Mut, allen zu sagen, daß ich in Florenz verlobt bin und daß ich hier in Pontedera Némora nehmen würde.

Wenn ich aber Attilia schreibe, vergesse ich alles um mich. Ich bin aufrichtig und habe keine Gewissensbisse, obwohl ich entschlossen bin, ihr Némora zu verheimlichen. Niemals werde ich es ihr sagen, da bin ich sicher. Nicht weil ich fähig wäre, sie zu belügen, sondern weil ich ihr, wenn ich sie Némoras wegen verlassen wollte, nicht mehr schreiben und es ihr mitteilen würde. Kann ich mich dieser Redlichkeit nicht rühmen?

Das Gasthaus war heute abend voll heiterer, singender Menschen. Ich war gereizter als sonst und drückte den Kopf zwischen die Hände.

Als ich eingetreten war, hatte ich Némora hinausgehen sehen; die Erregung, die mich ergriff, als ich an sie dachte, ließ mich die Augen geschlossen halten. Noch ein dunklerer Schatten, düsterer und lästiger, lag auf meinem Gemüt. Ich durfte Attilia nicht vergessen! An meinem Gesicht fühlte ich die kalten Hände, die unfähig waren, sich zu bewegen. Durch das Stimmengewirr hörte ich jemanden voller Abneigung fragen: »Warum ist er immer so schweigsam?«

Damit konnte nur ich gemeint sein, und mein Herz verschloß sich noch mehr. Doch ich blieb sitzen und wartete, wie die Antwort lauten würde. Vielleicht eine halbe Minute verging, dann sagte ein anderer: »Ich wecke ihn auf! Ich schlage ihm die Gitarre über den Schädel!«

Ich blieb noch immer unter Aufbietung meines ganzen Willens reglos sitzen. Nicht einmal den Schlag wollte ich abwehren, aber eine energische Stimme verteidigte mich: »Jeder kann sich betragen, wie er will. Laßt ihn in Ruhe.«

Ich rührte mich nicht, bevor alle gegangen waren. Ich kümmerte mich auch nicht darum, wer der mit der Gitarre gewesen war.

Als ich den Kopf hob, erblickte ich Helligkeit mitten im Zimmer, und Drago sagte mit unaussprechlicher Sanftmut zu mir: »Wenn ich da bin, brauchst du keine Angst zu haben.«

Aber ich war so in Gedanken versunken, daß ich ihm nicht einmal gedankt habe. Vielleicht habe ich ihm auch gar nicht danken wollen. Später erfuhr ich, daß Signora Marianna mir vom Fahrdienstleiter sagen lassen wollte, daß ich in ihrem Gasthaus fröhlich sein solle wie die anderen, denn sie befürchtete, ihre Gäste zu verlieren, die sich amüsierten und lachen wollten.

27. März

Es ist kurz vor Mitternacht, und ich begleite eine Frau nach Hause, deren Mann seit fünfzehn Jahren im Gefängnis sitzt. Sie hat Angst, daß der Postkutscher sie wie schon gestern anfällt.

Ich soll entweder aufhören, mit Némora zu sprechen, oder mich entscheiden, sie zu heiraten. Das hat Signora Marianna gesagt. Und ich selbst erkenne an, daß sie recht hat, aber ich weiß nicht, wie ich mich entscheiden soll, obwohl ich eben erst einen Brief an Attilia aufgegeben habe. Ich habe ihr sogar voller Leidenschaft geschrieben, denn ihr geht es immer schlechter.

In einigen Tagen wird Marcello Capri nach Florenz versetzt. Deshalb tut er fast gar nichts mehr. Ich muß seine Arbeit erledigen, während er nichts anderes macht, als mit der Tochter des Ingenieurs zu liebäugeln. Sie schauen sich ohne jede Zurückhaltung stundenlang an.

Die Gepäckträger und die Fuhrleute, die in der Sonne hocken, amüsieren sich darüber mit schallendem Lachen. Einer stopft seine Pfeife und raucht sie dort, um den Anblick der beiden Verliebten zu genießen. Das ganze Dorf weiß davon und wartet, daß der Ingenieur in den Bahnhof kommt.

Auf einmal packt ein robustes, kräftiges Weib das Mädchen an den Schultern, zieht es vom Vorhang zurück und versetzt ihm zwei Ohrfeigen.

Die Träger und die Fuhrleute stehen auf, gehen bis unter das Fenster und schimpfen und lärmen fröhlich. All das ist Capri peinlich, aber was bleibt ihm übrig, als aufzugeben? Er zündet sich eine Zigarette an und tritt auf den Vorplatz hinaus.

Jeden Sonntag geht eine Tochter des Vorstehers unter dem Vordach spazieren, und einer ihrer Brüder, viel jünger als sie, hat den Arm um sie gelegt.

Alle zeigen sie mir und ermuntern mich, sie wenigstens ein bißchen anzuschauen. Wie rot ich geworden bin, als ich aus der Tür trat und Némora erblickte, die über die Gleise schritt, um zu einem Haus außerhalb des Bahnhofs zu gelangen!

Die Tochter des Vorstehers ist seitdem nicht spazierengegangen.

29. März

Seit zwei Tagen schlafe ich nicht mehr, weil ich eine Arbeit beenden muß, die mir anvertraut worden ist. Ich trinke den dritten Kaffee, aber die Augen fallen mir immer wieder zu. Obwohl ich die beste Lampe genommen habe, kann ich fast nichts mehr sehen. Der Unterbeamte ist nach Hause gegangen, der Telegraphist schläft in seinem Zimmer.

Ich verrechne mich, weil die Träger beisammensitzen und mit der Schwester des einen großen Lärm veranstalten.

Ich könnte sie zur Ruhe bringen, statt dessen werde ich wütend. Es ist, als wälzten sie sich zwischen den Kisten umher; dann lachen sie alle. Auch das Mädchen kreischt.

Wenn ich manchmal nachts den Sternenhimmel betrachtete, glaubte ich mich zu verirren, und die wenigen Schritte bis zu meinem Haus schienen mir kilometerweit.

Eine angstvolle Entmutigung trieb mich in diese Räume, ohne auch nur einen Stern auszulassen; und die Wolken zogen über mir dahin. Ich fürchtete, nicht mehr wie die anderen zu sein, und war überzeugt, nicht zurückzukehren. Doch dann sah ich mich tot auf einem Feldbett liegen, und ein Priester las aus einem Buch vor; und seitdem hielt ich mich immer für einen anderen.

Weil man an das glauben muß, was man denkt.

Im Olivenhain kann man auch bei Sternenlicht sehen.

Hinter den Hecken bewegt sich ein Insekt und raschelt auf dem Erdboden und in den Blättern.

Ein Mann, der den ganzen Tag über gräbt, kehrt nach Hause zurück. Doch noch nie habe ich sein Gesicht richtig gesehen. Ich begreife, daß er müde ist; er zieht ein Bein nach. Wenn er abends nicht vorbeikommt, schaue ich die Erde auf dem Felde an, weil sie mich an ihn erinnert; als wäre er aus Erde statt wie ich aus Fleisch.

30. März

Ein Fuhrmann bedroht einen meiner Kollegen, der eine vom Bahnhofsvorsteher abgeänderte Anweisung durchsetzen muß, mit dem Messer.

Jetzt herrscht reger Handel mit Kaninchen, Hühnern und Gänsen. Jeden Freitag sind die Bänke vollgestellt mit Käfigen, die auf die Schnellzüge warten. Ich habe kaum noch Zeit zum Essen, und die Kunden suchen mich sogar im Gasthaus auf.

Die Gepäckträger streichen um die Hühnerkäfige herum, es gelingt ihnen, mit langen Stecken die Eier zwischen den Stäben herauszuangeln.

Der Geschickteste hat schon sieben Eier ausgetrunken.

Ich aber beneide alle reichen und eleganten Leute, die in den Expreßzügen reisen.

Als sich gestern abend wieder ein Zug in Bewegung setzte, erblickte ich ein Ehepaar, das im Abteil stand und sich küßte. Das war der reinste, leidenschaftlichste Kuß, den ich je gesehen habe. Mann und Frau schienen alles vergessen zu haben, und bei der Vereinigung ihrer Lippen erlebten sie jene Glückseligkeit, die uns nur sehr selten zuteil wird.

Als ich die Straße am Zaun vor den Schienen entlanggehe, begegne ich Capris Geliebter. Sie kommt nicht mehr in den Ort, und da sie denkt, daß ich gesehen habe, wie sie geohrfeigt worden ist, will sie umkehren, so sehr scheint sie sich zu schämen. Aber als wir wenige Schritte voneinander entfernt sind, mustert sie mich mit sehr klaren, glänzenden Augen; dann verschwindet sie eilig in der Haustür.

Ich habe mich mit niemandem im Ort angefreundet und bereits einen Inspektor um Versetzung in eine größere Stadt gebeten, nach Florenz zum Beispiel. Hier kann ich keinesfalls leben.

Heute fand ich im Gasthaus neben meinem Platz einen Kollegen vor, dem man den Prozeß gemacht hatte, weil er fünfhundert Lire aus der Bahnhofskasse entwendet hatte. Aber dank dem Wohlwollen und der Freundschaft der Zeugen ist er freigesprochen worden und hofft nun, daß ihn die Verwaltung wieder einstellt. Er ist allein und mittellos.

Ich bemerke, wie unbefangen er mit uns spricht und

wie es ihm gelingt, sich Respekt zu verschaffen. Keiner verachtet ihn. Er verbringt sogar seine Tage in unserem Büro, obwohl der Vorsteher es ihm verboten hat.

Mir gegenüber wollte er sich damit rechtfertigen, daß alle es so machten. Und als ich erwiderte, das stimme nicht, sah er mich mit einem geringschätzigen Lächeln an.

Er übertreibt immer in seiner Wichtigtuerei; auch vor der Wirtin, die wohl viel Geld von ihm hat.

Er möchte auf einen einsamen Bahnhof in der Maremma versetzt werden; er versucht sich natürlich zu rehabilitieren, und er paßt immer auf, daß nicht über ihn geredet wird.

Ich tue ihm vielleicht unrecht, aber ich fühle mich nicht wohl in der Gesellschaft dieses Entgleisten, der grollend zu mir sagt: »Warum hat mich die Verwaltung hierbehalten wollen? Ich habe immer verlangt, auf einen Bahnhof geschickt zu werden, wo ich in den Freistunden allein durch die Wälder streifen kann, wo ich stundenlang mit niemandem zu sprechen brauche. Da wäre ich glücklich.«

Warum habe ich keine Lust, die Augen zu heben, da doch der Mond schon aufgegangen ist?

Die Dunkelheit, die in mir ist, betäubt mich.

Warum gefällt mir diese Traurigkeit mehr, die stärker ist als der Mondschein. Diese Stille tut mir so gut!

Der Mond wird untergehen, ohne daß ich die Augen zu ihm aufgehoben habe.

Die Sichel des Mondes, ein wenig verzerrt und verzehrt von so vielen Stunden Wind, erregt in mir ebensoviel Mitleid wie die Holzpferde, die sich schlingernd auf dem Karussell drehen, weil sie schlecht geschnitzt sind.

Aber das Karussell versetzt mich zumindest in berauschende Fröhlichkeit, die mich betäubt, als hätte ich zuviel getrunken und als zwänge mich meine ganze Jugend, mit dem Kopf gegen die Mauer zu rennen, ohne etwas zu verstehen. Diese Pferde haben wenigstens Magen und Maul voller Holz und spüren den Hunger nicht.

5. April

Vom Büro aus sehe ich die Berge von Lucca, deren Grün zwischen Häusern, Brücken und Straßen leuchtet.

Als ich in die Gastwirtschaft eintrete, gibt Signora Marianna ihrem Kleinen gerade die Brust. Ihr Mann hat die Hände auf das Marmortischchen gestützt, auf dem sie die strohumflochtenen Weinflaschen und die Käseformen aufbewahren.

Das größere Kind, dem die Nase läuft, zerbricht einen Teller; es bekommt eine Ohrfeige und wird vor die Tür geschickt, damit es draußen weint. Signora Marianna hat die Kleine auf dem Fußboden liegenlassen müssen, um mich zu bedienen.

Während sie sich die Bluse zuknöpft, fragt sie mich: »Was möchten Sie essen?«

»Was gibt es?«

Sie erinnert sich nicht gleich und irrt sich anfangs, aber dann trifft sie das Richtige: »Makkaroni mit Soße.«

»Dann bitte schnell.«

Sie lächelt und erwidert: »Sie haben es immer eilig.«

Ich werde nervös. Der Fahrdienstleiter fragt mich: »Wollen Sie Wasser trinken?«

»Ja, ich fühle mich nicht wohl.«

»Trinken Sie Wein, Herrgott!« Und er füllt mir das Glas. Er ist röter als sonst, und nachdem er mich lange angeblickt hat, fragt er mich: »Warum wollen Sie nicht in Pontedera bleiben?«

Am Ton seiner Stimme erkenne ich, daß er mir nicht sehr zugetan ist. Deshalb antworte ich nicht und höre den Wirtsleuten zu, die sich streiten. Signora Marianna sagt: »Warum hältst du nicht das Kind? Ich muß das Fleisch kochen.«

»Halte du es; ich habe bis jetzt geschwitzt und Ziegel gezählt.«

Sie weint, und er wendet sich zornig an uns: »Das ist unser Elend. Wenn wir es nicht nötig hätten, hier zu sein, würden wir uns mehr lieben.«

Sie beruhigt sich; doch der Fahrdienstleiter stößt mich mit dem Ellbogen an und sagt: »Ich würde ihr mit dem Messer die Kehle durchschneiden.«

Die Rosenknospen sind wie rote Bleistiftspitzen; aber die verwende ich nicht. Und man weiß nicht, was der Wind will und von welcher Seite er kommt.

Ich warte auf eine gute Nachricht von Attilia, und dieser kühle Schauer ist wonnevoller als die Sonnenstrahlen.

6. April

Die Krankheit Attilias beunruhigt mich. Ich schreibe ihr mit großer Bangigkeit, die mich nicht mehr verläßt. Wenn ich nur einen Tag Urlaub hätte, um nach Florenz zu fahren!

Während ich an meinem Frühstücksbrot kaue, erscheint ein Inspektor, dem der Fahrdienstleiter folgt. Gleich wird es still. Der Inspektor wirft einen allzu gleichgültigen Blick auf meine Register und setzt sich an einen anderen Tisch, um einen Rechenfehler zu suchen, dessentwegen seit drei Monaten fünf oder sechs hohe Verwaltungsbeamte in Bewegung sind.

Er ist blaß und sieht leidend aus. Der Fahrdienstleiter schaut ihn an und bittet dann um die Erlaubnis, hinausgehen zu dürfen. Ein weiterer Inspektor kommt herein, dessen Gesicht von tiefen Falten entstellt ist; der Mund ist schief, und die Augen blicken stechend durch eine goldgeränderte Brille.

Die Stille wird tiefer. Der Inspektor sieht keinen an, er spricht lächelnd mit seinem Kollegen, der ihm ziemlich offenkundig Hochachtung erweist. Dann fragt er: »Ist der Beamte hier, der Auskunft geben muß?«

Ein Unterbeamter, der an der Tür stehengeblieben war, antwortet so unbefangen wie möglich: »Das bin ich.«

Das Hin und Her beginnt.

Es läutet Mittag, und sie verhandeln noch immer, addieren und multiplizieren. Aber die Rechnung stimmt trotzdem nicht. Der Inspektor, der zuerst hereingekommen ist, seufzt mehrmals, und die Miene des zweiten wird noch finsterer.

Der Beamte erbleicht, beteuert aber lebhaft, er sei nicht schuld. Die beiden glauben ihm nicht. Schließlich erheben sie sich. Sofort unterhalten wir anderen uns weiter.

7. April

Marcello Capri ist gestern abend abgereist. Für ihn fand ein Abschiedsessen statt, an dem ich nicht teilnahm, weil ich zu müde war. Er versprach mir, bei meiner Familie vorbeizugehen.

Ich habe seine Geliebte wiedergesehen. Wahrscheinlich hat sie geweint, sie wirkt lächerlich in ihrem Ernst.

9. April

Die Hitze beginnt. Ich schreibe die Inventarliste des Bahnhofs ab. Aber ich werde rasch müde und muß fast alle Viertelstunde ausruhen. Meine Augen hängen an der Landschaft.

10. April

Némora ist nicht wieder bei Signora Marianna gewesen. Ich denke nicht mehr an sie, obwohl es mir unwahrscheinlich vorkommt. Aber ich habe sie wirklich vergessen.

12. April

Ein Kontrolleur mit kränklichem großem Gesicht spricht im Telegraphenraum mit einem Beamten über sozialistische Propaganda.

Ich schreibe ein paar Buchstaben ins Protokoll. Über der Ebene von Pisa bezieht sich der Himmel mit dunklen Wolken.

Ein Apparat setzt sich in Bewegung und hämmert

auf den Papierstreifen, es ist wie ein unwirsches Knarren.

Der Beamte nimmt die Pfeife aus dem Mund, läßt den Kontrolleur stehen und hebt den Deckel des Apparates hoch. Nun hört man mehrere metallische Schläge, die in rascher Folge ihre Abdrücke auf dem Papierstreifen hinterlassen. Dann antwortet der Beamte und ruft eine Anordnung ins Nachbarzimmer hinein.

16. April

Ich erhalte zwei Briefe. In dem einen steht, daß ich eine kleine Schwester bekommen habe, in dem anderen, daß es Attilia sehr schlecht geht.

Den ersten Brief zeige ich dem Bahnhofsvorsteher, und er gestattet mir, zwei Tage nach Florenz zu fahren. Ich ahne fast, daß ich nicht mehr nach Pontedera zurückkehre, und packe alle meine Sachen in den Koffer. Eilig verabschiede ich mich von den Kollegen und breche auf. Der Fahrdienstleiter antwortet mir kaum, aber sein Stellvertreter gibt mir sogar die Hand. Auch Drago will nicht mehr mein Freund sein, und nur weil es sich gehört, gehe ich zu Signora Marianna, um mich zu verabschieden.

Als ich in den Zug steige, denke ich, es müßte schön sein, wenn sich jemand von mir verabschiedete, jemand, der die Tür hinter mir schlösse, wie man es bei Menschen tut, die man gern hat. Doch niemand ist da. Der Beamte vom Dienst wirft mir einen schiefen, fast mißgünstigen Blick zu und antwortet nicht auf den letzten Wink meiner Hand. Trotzdem blicke ich noch einmal zum Fenster hinaus, bevor ich mich setze und mich umschaue, wer noch im Abteil ist. Ich habe mich mehr an Pontedera gewöhnt, als ich geglaubt habe. Aber ich nehme mir vor, nicht zurückzukehren, auch wenn es mich die Anstellung kosten sollte. Wo wird Némora jetzt sein? In der Fabrik sind die Fenster schon von den Lampen im Inneren erleuchtet. Eine Frau zeigt sich am Fenster und zieht sich zurück, noch bevor ich sie erkenne. Der Bahnhof verschwindet. Da lege ich den Koffer ins Gepäcknetz und bin sehr traurig.

Von diesen beiden Monaten bleibt mir nur ein Gefühl des Überdrusses und der Langeweile.

17. April

Nach Mitternacht treffe ich in Florenz ein. Ich gehe befangen dahin, als wäre ich noch nie hier gewesen. Und da ich morgen früh sofort Attilia aufsuchen will, ohne daß man es zu Hause merkt, schlafe ich in einem Hotel. Wie wohl ich mich in Florenz fühle. Beinahe hätte ich das Kopfkissen des Bettes geküßt! Am liebsten wäre ich gleich zu Attilia gelaufen.

Im Zug habe ich einen alten Mann gefragt, ob es richtig sei, erst zu meiner Verlobten zu gehen, und habe ihm von den beiden Briefen erzählt. Er wollte seine Meinung nicht sagen und redete nicht mehr mit mir. Nun aber bin ich schon im Hotel, auch wenn ich es falsch gemacht haben sollte. Ich werde sehr zeitig aufwachen.

18. April

Attilia war bereits tot. Ich weiß nicht, warum ich mich, als ich es auf halber Treppe von einem Mütterchen erfuhr, das weinend herabkam, gefragt habe, ob ich nicht umkehren sollte. Ihre Angehörigen kannten mich nicht und wußten nichts. Mir war, als wollte mir Attilia einen Schreck einjagen, als sollte ich sie nicht sehen; und ich konnte einfach nicht glauben, daß sie gestorben sein sollte.

Aber als ich dort so stehe, als hätte mich jemand festgehalten, kommen mir die Tränen. Ich weine fast eine halbe Stunde lang. Als ich sicher bin, daß ich nicht mehr weinen muß, gehe ich auf die Tür zu und klopfe an, bereit, die Treppe noch einmal hinaufzusteigen.

Die Mutter, die ich mehrmals zusammen mit Attilia gesehen habe, öffnet mir. Wortlos sieht sie mich an. Ihre dunklen Augen sind vom Weinen geschwollen. Noch bevor ich den Mund aufmachen kann, kommen mir die Tränen wieder, und es ist mir angenehm, daß sie mich weinen sieht. Dann fragt sie mich zaghaft: »Wollen Sie hereinkommen?«

Ich trete einen Schritt näher, aber sie fragt noch: »Wer sind Sie?«

Ich will nicht sagen, daß ich der Geliebte ihrer Tochter war, und stammle nur meinen Namen. Ohne sie weiter zu beachten, gehe ich schließlich hinein. Ich werfe einen Blick in die Wohnung und erkenne, welches das Zimmer ist. Als hätte ich die Erlaubnis erhalten, nähere ich mich auf Zehenspitzen; doch bevor ich auch hier eintrete, wende ich mich der Mutter zu und erblicke sie neben mir, ohne daß ich sie gehört habe. Sie schaut mich mit ängstlicher Verwunderung an.

Da habe ich weder den Mut, ihr zu erklären, wer ich bin, noch in das Zimmer zu gehen. Ich schluchze und verberge das Gesicht an der Wand. Aus dem Zimmer kommt der Vater, der schon schwarz gekleidet ist. Ich ergreife seine Hände und benetze sie mit Tränen. Noch einmal stammle ich: »Ich möchte sie sehen.«

Ich denke etwas Albernes: Wenn Attilia mich so weinen hörte, dann würde sie sich freuen. Sie weiß, daß ich sie liebe.

Aber ich denke: Ohne zu erklären, wer ich bin, kann ich nicht hineingehen; das käme mir wie eine Verletzung von Attilias Schamgefühl vor. Doch ich kann es auf keinen Fall länger hinausschieben, sie zu sehen.

Also erkläre ich alles, erhalte aber keine Antwort. Nur die Mutter sagt zu mir: »Gehen Sie hinein.«

Aber ich habe Angst, sie zu sehen! Anfangs schließe ich die Augen, und um nicht vielleicht an ihr Bett zu stoßen, öffne ich sie wieder und richte den Blick höher als dorthin, wo sie liegt. Ich erkenne nur die Flammen von vier Kerzen, die auf der Kommode brennen, und einen Rosenkranz, der am Bett befestigt ist. Ich muß die Augen senken! Ich begegne dem Gesicht Attilias.

Ich bin drauf und dran, sie zu küssen, so nahe bin ich ihr und berühre sie fast mit dem Kinn; doch ich betrachte ihre auf der Brust gefalteten Hände. Mir wird schwindlig. Ihre Hände sind eiskalt, und die Gesichtshaut ist weiß und etwas feucht. Ich küsse sie auf den Mund, als wäre mir mit einem einzigen Hieb der Kopf abgeschlagen worden. Ich weine nicht mehr, aber als ich den Eindruck habe, daß in ihren getrübten Augen der gleiche Blick wie früher ist, knicken mir die Beine ein, und ich verliere das Bewußtsein.

Als ich wieder zu mir komme, suche ich noch einmal jenen Blick, der gewiß für mich bestimmt war, finde ihn aber nicht: Der Tod hat ihr ganzes Antlitz gereinigt.

Bis zum späten Abend habe ich nicht den Mut gefunden, nach Hause zu gehen. Ich habe es auch nicht gewollt.

Meine Mutter war wohlauf, alle waren fröhlich. Es gelang mir, mich so zu verstellen, daß sie mich nur für müde und etwas abwesend hielten. Die Kleine, ganz eingewickelt unter der Bettdecke, war still und hatte die Augen offen. Mein Vater näherte ihrem Gesicht die elektrische Lampe, hob sie etwas hinter ihr Köpfchen, damit es ihr nicht weh tat und ich sie betrachten konnte. Als hätte die Kleine in diesem Augenblick das Licht gespürt, verzog sie den Mund und stülpte die Lippen etwas ein. Ich stellte mich auf die Zehenspitzen, um ihre Augen besser zu sehen, und wollte an Attilias Blick denken. Als hätte meine Mutter Verdacht geschöpft, fragte sie mich: »Was starrst du sie so an?«

19. April

Attilias Eltern würden mich nie weggehen lassen. Ich bin einen halben Tag bei Attilia gewesen, die heute abend weggebracht wird. Wie die Zeit vergeht!

Zunächst bin ich nach Hause zurückgekehrt und habe zu meiner Mutter gesagt: »Wenn du noch keinen Namen für sie hast, mußt du sie Attilia nennen.«

»Der gefällt mir nicht. Und warum willst du diesen Namen?«

Die Wahrheit will ich ihr nicht sagen, weil ich sicher bin, daß sie ihr diesen Namen dann nicht gibt, deshalb lüge ich: »Im Zug habe ich es mir überlegt. Wenn du willst, daß ich sie mehr liebe als meine anderen Schwestern, dann nenne sie so. Habe ich nicht das Recht, für eine meiner Schwestern den Namen auszuwählen?«

»Weil du nach Florenz gekommen bist, um sie gleich nach der Geburt zu sehen, werden wir sie so nennen, wenn du mir versprichst, dir nicht wieder von einem Mädchen den Kopf verdrehen zu lassen. Aber du hättest auch einen Namen finden können, der mir besser gefallen hätte!«

Ich habe meine Verlobte auf den Friedhof von Trespiano begleitet und sie für meine Mutter um Verzeihung gebeten.

20. April

Ich müßte nach Pontedera zurückkehren, aber mein Vater hat mir versprochen, ein hohes Tier von der Eisenbahn aufzusuchen, einen seiner Freunde, damit ich eine Anstellung in Florenz oder in einem größeren Ort bekomme.

22. April

Ich bleibe in Florenz.

Nachwort

Als der am 1. Januar 1883 in Siena geborene Federigo Tozzi am 21. März 1920 in Rom an einer Lungenentzündung starb, war der größte Teil seines literarischen Werks noch unveröffentlicht. Einige seiner Erzählungen hatte der Schriftsteller zwar bereits in verschiedenen Zeitschriften veröffentlicht, aber eine erste von ihm unter dem Titel *Giovani (Junge Leute)* zusammengestellte Novellensammlung, die er noch einige Monate vor seinem Tod für den angesehenen Mailänder Verlag Treves zum Druck vorbereitet hatte, konnte erst postum erscheinen. Die Witwe Emma Palagi Tozzi setzte mit Hilfe des mit ihrem Mann befreundeten Giuseppe Antonio Borgese (er wurde später Schwiegersohn Thomas Manns) die Herausgabe des Nachlasses fort. Seit 1961 betreut Glauco Tozzi, der Sohn des Schriftstellers, für den Florentiner Verlag Vallecchi eine inzwischen auf sechs Bände angewachsene Gesamtausgabe, die mit den Romanen *(I Romanzi)* begonnen, mit den Erzählungen *(Le Novelle)* und den Dramen *(Il Teatro)* fortgesetzt wurde. Dann folgte in einem Band die gesammelte kurze Prosa mit den frühen Romanentwürfen *Cose e Persone (Dinge und Menschen)*, eine Neuausgabe der Dichtungen *(Le Poesie)* und die von der Witwe bereits 1925 herausgegebenen, an sie gerichteten Briefe.

Seit dem Tod Tozzis ist langsam, aber immer deutlicher klar geworden, daß er zu den großen Prosaschriftstellern der italienischen Literatur des zwanzigsten Jahrhunderts zählt. Um so erstaunlicher ist die Tatsache, daß eine 1970 von der Stadt Siena organisierte Tagung, in deren Mittelpunkt seine Persönlichkeit und sein Werk standen, von den deutschsprachigen Fachzeitschriften für Literaturwissenschaft ignoriert wurde und bei uns auch jedes Echo ausblieb, als in Italien 1972 nicht weniger als vier dem Senesen gewidmete, bedeutende Monographien erschienen.

Federigo Tozzi, der Vater des Schriftstellers, stammte aus der toskanischen Maremma, jenem um die Jahrhundertwende noch malariaverseuchten Schwemmland zwischen Arno und Ombrone, das in Dantes Hölle mehrfach erwähnt wird, um Grauen, Entsetzen und Wildnis zu evozieren. Federigo Tozzi war aus dem gebirgigen Hinterland der Maremma nach Siena gekommen und hatte dort dank eines kleinen Vermögens die Gastwirtschaft Ghiso del Sasso gekauft. Er wird geschildert als drei Zentner schwerer Mann, »dessen Hände, wenn er sie zusammendrückte, zu Schraubstöcken wurden«.

Nach dem frühen Tod seiner kränkelnden Mutter und der Wiederverheiratung des Vaters wuchs der künftige Schriftsteller neben der Stiefmutter und einer intriganten Geliebten des Patriarchen auf. Diese biographischen Hinweise sind unerläßlich, weil Tozzi die Personenkonstellation der Familie in kaum verschlüsselter

Form in zahlreichen seiner literarischen Werke dargestellt und verarbeitet hat. So etwa in dem 1919 veröffentlichten Roman *Con gli occhi chiusi (Mit geschlossenen Augen)*, wo gleich eingangs der Gastwirt Domenico Ros, Vater des Protagonisten Pietro, in seiner ganzen brutalen Kraft gezeichnet wird:

»Obwohl er schon früh den Beruf gewechselt hatte, war er Bauer geblieben und in der Lage, mit den Fäusten auf jemanden einzuschlagen, der kein Vertrauen in seine Ehrlichkeit zeigte. Und er meinte, Gott habe, um ihn zufriedenzustellen, gemeinsam mit ihm für seinen Erfolg gesorgt.«

In einem Brief vom 13. Juli 1907 an seine Verlobte Emma beschrieb Tozzi, wie sein vom Gedanken an seine eigene Tüchtigkeit und Leistungskraft besessener Vater mit Beschimpfungen und Schlägen seine Enttäuschung über einen Sohn entlud, der in der Schule versagte, künstlerische Ambitionen hegte, die lange Zeit ohne Ergebnis blieben, und dessen Versuch, sich in Rom als Journalist niederzulassen, im Jahre 1907 scheiterte. Die Handgreiflichkeiten und die Drohungen des Vaters, den Heimgekehrten totzuschlagen, endeten in der Beschimpfung: »Du bist nicht mein Sohn. Nein, du bist es nicht. Du bist degeneriert. Du bist ein Feigling.« Eindeutig handelt es sich hier um die für die archaische Struktur mediterraner Bauernkulturen typische Figur des »Padre padrone«, des seine Familie tyrannisierenden Vaters, wie ihn der Sarde Gavino Ledda vor einigen Jahren in seiner Selbstbiographie beschrieb.

Wenige Monate vor dem Tod des Gastwirts am 15. Mai 1908 gelang es Tozzi, nach einer Aufnahmeprüfung eine Anstellung bei den Staatlichen Eisenbahnen zu finden, zunächst in Pontedera bei Pisa, dann in Florenz. Es blieb eine kurze Episode, da der Schriftsteller nach dem Tod seines Vaters zum Erben von zwei Gehöften geworden war. In einem der beiden, Castagneto, nicht weit von der Porta Camollia im Nordwesten von Siena, ließ sich Tozzi für mehrere Jahre nieder. Bald veröffentlichte er erste, freilich kaum beachtete Werke, so daß er 1914 mit Frau und Sohn nach Rom umzog, um in einer weniger provinziellen Umgebung arbeiten zu können. Im Jahre 1915, nach dem Kriegseintritt Italiens, arbeitete Tozzi in der Hauptstadt für die Presseabteilung des Roten Kreuzes. Als er 1917 seine unter dem Titel *Bestie (Tiere)* gesammelte kurze Prosa veröffentlichte, war ein erster Schritt getan, um die Aufmerksamkeit der Kritik auf sich zu lenken.

Einen Einblick in die literarischen Anfänge Tozzis vermitteln die von der Witwe 1925, also fünf Jahre nach dem Tod des Schriftstellers, unter dem Titel *Novale (Brachfeld)* veröffentlichten Briefe, deren Gattungsbezeichnung auf dem Buchumschlag »romanzo« lautet. Wie Glauco Tozzi in der Vorbemerkung zu der als Band VI der von ihm betreuten *Opere de Federigo Tozzi* erschienenen Neuausgabe von *Novale* bemerkt, hatte Luigi Pirandello diesen Titel vorgeschlagen. Auch heute noch ist ungeklärt, wieviel von den erhaltenen Briefen von Emma Tozzi veröffentlicht, inwieweit sie von ihr gekürzt oder gar zensiert wurden: ganz abgesehen davon ist eine historisch-kritische Ausgabe des gesamten bis heute unveröffentlichten Briefwechsels nach wie vor eines der dringlichsten Desiderate.

Der Briefwechsel zwischen dem Schriftsteller und seiner späteren Frau war zustande gekommen, als Tozzi im November 1902 auf eine von dieser veröffentlichte Annoce (»Junge Signorina wünscht Briefkontakt. Begründete Zuschriften. Annalena, postlagernd, Siena«) geantwortet hatte. Die zahlreichen veröffentlichten Briefe erlauben mehr als nur sporadische Rückschlüsse auf die kunterbunten Bildungskomponenten des Zwanzigjährigen. Offensichtlich suchte dieser der immer noch persönlich unbekannt gebliebenen Korrespondentin zu imponieren, als er in einem Brief (14. 1. 1903) bekannte:

»Mein Sozialismus? Ich hänge Ferris revolutionärer Theorie an, bin jedoch nicht auf wissenschaftlichem Weg auf sie gestoßen (was besser wäre), sondern auf gefühlsmäßigem: das heißt ich spüre, wie ich durch meine Natur zu offener, vielleicht sogar brutaler Rebellion hingetrieben werde. In Augenblicken der Exaltation erscheinen wie Wetterleuchten kriminelle Anarchistenvisionen vor meinen Augen. Ich hasse die Mächtigen, die Pfaffen und die Soldaten. Es ist ein unerbittlicher Haß, der erst mit mir enden wird.«

Es gehört zu dieser unausgegorenen Ideenwelt Tozzis, daß er auf seiner Suche nach starken Eindrücken auf Edgar Allen Poe stieß und sich die Adressatin seiner Briefe (sie war die Tochter eines kinderreichen verwitweten Gymnasiallehrers) von ihm belehren lassen mußte, die von ihr hochgepriesenen *Verlobten* Manzonis seien lediglich gut geschriebene Prosa: »Poe ist großartig. Oh, ganz etwas anderes als Manzoni mit seinem romantisch verbrämten Klassizismus.«

Diese und ähnliche Briefstellen zeigen, daß der Schriftsteller, der sich später auf die mittelalterliche Mystik seiner engeren Heimat berief und sie in Gedichten feierte, zunächst durchaus Anregungen fremder Literaturen aufgriff, »indem er mehr als eine Kerze bei der Lektüre ausländischer Texte verbrauchte«. Die spätere Rückbesinnung auf die lokale Tradition Sienas erscheint daher wie eine Reaktion auf seine wahllosen frühen Leseerfahrungen.

Wer um 1900, das heißt in den Jahren der alles beherrschenden literarischen Autorität Gabriele D'Annunzios, seine schriftstellerischen Weihen suchte, konnte eine direkte oder indirekte Stellungnahme zu Nietzsche, zum Übermenschenkult und zum Anarchismus nicht umgehen. Dies zeigt ein Brief vom 3. Februar 1903, in dem Tozzi seiner Korrespondentin gesteht: »Zugegeben, ich bin anormal und meine Seele ist wie ein atemberaubender Wirbel, der zerstörend und tötend vorbeifegt: sie zerstört und tötet meine Jugend.«

In den Monat März des Jahres 1903 fiel das Ende einer längeren Liebesbeziehung des Schriftstellers zu einem jungen Mädchen, das auf einem der beiden väterlichen Gehöfte arbeitete. Diese Beziehung sollte dann den autobiographischen Hintergrund zu seinem 1913 auf der Besitzung Castagneto bei Siena verfaßten Roman *Con gli occhi chiusi (Mit geschlossenen Augen)* bilden, den der Mailänder Verlag Treves im Jahre 1919 veröffentlichte. Am 28. März 1903 berichtete er seiner Brieffreundin »Annalena« über die später in seinem Roman verarbeitete »schreckliche« Entdeckung: »Als ich – nach viermonatiger Abwesenheit – überraschend meine

Verlobte Mimi aufsuchte, fand ich... fand ich sie... Und ich hatte sie immer wie eine Schwester respektiert!«

Pietro, der Protagonist des Romans *Mit geschlossenen Augen*, ist ein die Wirklichkeit seiner Umgebung nicht durchschauendes, dumpfen Impulsen ausgeliefertes Subjekt. Im Mittelpunkt seiner Erfahrungen stehen seine spätpubertären Lehrjahre des Gefühls. Das Wahrnehmungsvermögen Pietros wird durch Halluzinationen und Visionen expressionistisch verfremdet: Die Silhouette von Siena gerät dabei in Bewegung, Häuser und Gassen der durch ihre abrupten Höhenunterschiede geprägten Stadt türmen sich übereinander, überlagern sich und werden gegeneinander verschoben.

Ähnlich ergeht es Giulio, einem der drei Brüder Gambi, deren Geschicke im Roman *Tre croci (Drei Kreuze)* erzählt werden:

»Als erstes springt einem ein dichter Schwarm von Häusern in die Augen, und mitten darin der Dom. In Fontebranda dagegen gabeln sich die Häuserreihen und lassen einen leeren Raum zwischen sich. Die ersteren stehen da wie unter den Dom geklebt und gedrückt, steil über den Gärten und dem freien Land. Dann werden sie immer niedriger, bis sie hinter einem Steilhang verschwinden, so daß man nur noch ihre Dächer sieht. Die größeren stützen die anderen, und man kann nicht erkennen, wo die Straßen sein sollen, denn die Häuser scheinen nur durch Risse voneinander getrennt und durch fast bizarre, wirre Schnitte, kreuz und quer, von allen Längen und Arten. Und die Dächer treten in diesem Gewirr und zusammengeballten Durcheinander, diesen Zerstückelungen jeglicher Form, immer seltener hervor, je weiter sich die Häuser die Abhänge hinunter verteilen.«

Tozzis Siena erinnert hier an die Stadtbilder des ungefähr gleichzeitig entstandenen expressionistischen Films. Nirgends kann sich der Blick bei der Betrachtung dieser Straßen, Plätze und Häuser beruhigen. Das Auge gerät in den Sog von bewegten Konturen, die für den Betrachter keinen Halt bieten. Die Stadtlandschaft wird von innerer Dynamik auseinandergetrieben, aufgestapelt oder in die Tiefe geschoben.

Am 6. November 1913 veröffentlichte Tozzi mit Domenico Giuliotti die erste Nummer einer zweimal monatlich erscheinenden Zeitschrift mit dem Titel *La Torre (Der Turm)*, die bereits am 6. Februar 1914 ihr Erscheinen wieder einstellen mußte. Unüberhörbar ist hier das Bemühen, durch grobschlächtige Direktheit zu schokkieren und sich in der eigenen Provinz abzukapseln und einzuigeln. Die Stoßrichtung geht gegen den Modernismus der Futuristen und gegen die kosmopolitische Aufgeschlossenheit der Intellektuellen, die sich um die international ausgerichtete Zeitschrift *La Voce (Die Stimme)* sammelten. Der Name *La Torre* sollte nach dem Willen der Herausgeber hingegen ein »Symbol der Macht, königlicher und aufrechter Haltung« sein. Die präfaschistischen Anklänge sind offenkundig.

In dem im Herbst 1917 begonnenen Roman *Gli Egoisti (Die Egoisten)*, den Tozzis literarischer Protektor Giuseppe Antonio Borgese aus dem Nachlaß veröffentlichte, wird der Kontrast Metropole-Peripherie aus Anlaß der Begegnung zweier Freunde formuliert. Als der aus der toskanischen Provinz nach Rom verschlagene Protagonist Dario Gavinai in der Hauptstadt von seinem Jugendfreund Ugo Carraresi (es ist leicht, ihn als Domenico Giuliotti zu identifizieren) besucht wird, ergeht sich dieser in blindwütenden Ausfällen gegen die Verstädterung.

»Ich hasse diese Stadt. Sie macht auf mich den Eindruck einer riesigen Abortgrube. Die Frauen, ich meine die Damen, sehen aus wie Luxusdirnen.

[...]

Hier könnte ich nicht leben! Diese halbnackten Frauen, diese Männer mit Ringen an den Fingern! Diese rasenden Automobile!«

Nachdem Tozzi mit den Gedichten seiner Sammlung *Zampogna verde (Grüner Dudelsack)*, Ancona 1911, den generationsbedingten Tribut an die dionysische Manier D'Annunzios entrichtet hatte, bekannte er sich 1913 in zwei Publikationen zu seiner Heimatstadt: In der epischen Dichtung *La cittá della Vergine (Die Stadt der Jungfrau Maria)*, in deren Mittelpunkt Episoden aus Sienas großer Vergangenheit stehen, und in der *Antologia d'antichi scrittori senesi. Dalle origini fino a Santa Caterina (Anthologie alter senesischer Schriftsteller. Von den Anfängen bis zur heiligen Katharina).* Tozzi folgte hier irrationalistischen Strömungen und prangerte den modernistischen Zeitgeist als Widersacher der Seele an.

Die Protagonisten von Tozzis Erzählungen und Romanen werden fast ausnahmslos von ihren Instinkten gesteuert und dadurch zu Opfern ihrer eigenen Impulse oder der ihrer Mitmenschen. Diese ständige Gegenwart des Emotionalen liegt auch den kurzen Prosatexten seiner ersten bedeutenden Veröffentlichung *Bestie (Tiere)* zugrunde (Treves, Mailand 1917). Unvermittelt, auf rationaler Ebene meist nicht erkennbar, werden hier Mensch und Tier einander gegenübergestellt. Ähnlich verfährt er auch in seinen Romanen und in einigen seiner Erzählungen. In *Il Crocefisso (Das Kruzifix)* wird ohne erkennbaren Grund das christliche Symbol eingeführt. Ausgangspunkt des Textes ist die Vision einer vor dem Abschluß der Weltschöpfung in unfertigen Formen und Gestalten steckengebliebenen Welt:

»Ho pensato esista un mondo che Dio non ha finito di creare. La materia non è morta e non è viva. Vi sono vegetazioni quasi tutte eguali tra sé: e sbozzature di bestie informi, che non possono muoversi dal loro fango perché non hanno né gambe né occhi.

Le piante di questo mondo non sarebbero riconoscibili al colore; perché non ne hanno. Soltanto quando c'è un tentativo di primavera, si potrebbe sentire il loro odore che ha però qualche cosa del fango. Vi è anche un abbozzo di Adamo; ma senz'anima. Non può parlare né vedere; ma sente che attorno a lui il fango si move; e ne ha paura.«

Die plötzlich aus ihren Lebensgewohnheiten geworfenen kleinen Angestellten und Landarbeiter oder die zu sozialem Unrat verkommenen Stadtstreicher, Prostituierten, Behinderten, Alkoholiker und Heranwachsenden aus den Erzählungen und Romanen versagen bei dem Versuch, der Fatalität ihrer gesellschaftlichen und charakterlichen Determiniertheit zu entgehen, beenden dann aber durch einen unvermittelten Anfall von Raserei, durch Totschlag und Selbstmord eine unerträglich gewordene Situation.

In dem postum erschienenen Roman *Il podere (Das Gehöft)* ist der kurz vor dem Tod seines Vaters zurückgerufene Remigio Selmi nicht in der Lage, das ihm von diesem vererbte Anwesen zu verwalten. Das Gericht, das ihn zur Zahlung einer Abfindung an die Geliebte des Vaters verurteilte, wird ähnlich wie dieser zu einer Instanz, die ihn geradezu erdrückt. Aus dieser Sicht ist der aufrührerische Landarbeiter Berto, der Remigio mit einer Axt erschlägt, lediglich Vollstrecker eines längst über ihn gefällten Urteils. Nicht zu Unrecht verglich daher einer von Tozzis kongenialsten Interpreten, Giacomo Debenedetti, den senesischen Schriftsteller mit Franz Kafka, dessen Protagonisten in ähnlicher Weise die an sie gestellten Forderungen nicht einzulösen vermögen.

Versager wie Josef K. sind auch die drei Brüder Gambi im Roman *Drei Kreuze*, die ihre vom Vater geerbte Buchhandlung verschleudern, und die in orale Lust (Niccolò) oder parasitäres Phlegma (Enrico) regredieren, während Giulio, der die Verantwortung für die Unterzeichnung und Fälschung eines fatalen Wechsels trägt, sich in seinem Laden erhängt.

Während in der Erzählung *Das Kruzifix* die Welt als die mißratene Schöpfung eines sein Werk nicht zu Ende führenden Demiurgen erscheint, stellen sich bei der Beschreibung der Heuernte im *Gehöft* die von den Sensen der Schnitter aufgescheuchten Tiere als unübersichtliches und beängstigendes Gewimmel dar:

»Hinter den Männern hüpften die aufgeschreckten

Insekten nach allen Seiten, grüne, schwarze oder graue, während Spinnen mit langen, dünnen Beinen die Furchen entlangrannten, im Dunkel einer Spalte verschwanden und gleich darauf wieder oben auf einer Scholle auftauchten. Die Eidechsen flohen immer nach vorn: manchmal riskierte es eine Smaragdeidechse, nicht gleich wegzulaufen, um dann nur um so schneller zu verschwinden. Selten kam es vor, daß eine Viper in Stücke gehauen wurde; aber die riesigen dunklen Kröten, die wie blöde sitzen blieben, wurden von der Sensenspitze aufgespießt und zerschlitzt; dann schleuderte sie einer der Mäher mit einem Fußtritt aus der Bahn. Hin und wieder wurde ein Spinnenloch aufgerissen, und die zahllosen kleinen Spinnen rannten in alle Richtungen. Man fand Nester mit federlosen kleinen Vögeln, leere Wespennester. Die Raupen rollten sich zusammen, blieben für kurze Zeit unbeweglich liegen und versuchten dann, sich davonzumachen.«

Ähnlich wie *Das Gehöft* findet der von Glauco Tozzi aus dem Nachlaß seines Vaters veröffentlichte frühe Romanentwurf *Adele* durch den Selbstmord der Titelheldin ein gewalttätiges Ende: »Und sie begriff, daß alles von allein geschah, außerhalb von ihr.« Der Satz bietet einen Schlüssel zum Verständnis von Tozzis Werk.

Im Fall des Romans *Das Gehöft* existiert eine vielleicht von der Frau des Schriftstellers zusammengestellte Liste, in der die fiktiven Personen des Werks mit ihren realen Vorbildern in Beziehung gesetzt werden. Tozzi begnügt sich jedoch nie mit einer bloßen Chronik des Geschehens. Eine einfache Identifizierung der konkreten Fakten und Personen mit ihren Entsprechungen im Roman würde den Blick auf die Tatsache verstellen, daß autobiographischen Erzähler-Projektionen die Funktion einer Katharsis zukommt.

In einer Zeit, als in Italien die Kunst des Prosafragments den Roman verdrängte, suchte Tozzi wie Italo Svevo und Luigi Pirandello die Gattung zu erneuern. Bewundertes Vorbild war ihm dabei der um 1920 in seiner Bedeutung verkannte, inzwischen achtzigjährige Giovanni Verga, »der in der Prosa von zwei oder drei Büchern alles vereinigt hat, was eine menschliche Gesamtheit zu geben vermag. Er hat sich nicht verzettelt: er ist kompakt geblieben«.

Die Äußerung zu Verga charakterisiert zugleich Tozzi selbst. Nicht die auf sensationelle Effekte angelegte Literatur, die D'Annunzio verfaßte, und nicht die oft in leeren Formulierungen endende Kunstprosa der Mehrzahl seiner Zeitgenossen war das erklärte literarische Programm des Senesen, sondern eine auch noch in knappen Erzählungen angestrebte Totalität der Aussage. Jedoch bleibt trotz dieser Affinität der Unterschied zwischen dem Toskaner und dem Sizilianer unverkennbar. Verga schildert aus der Distanz eines veristischen, um Objektivität bemühten Erzählers. Tozzis Romane und Novellen sind dagegen ungleich subjektiver: Bei den in seinen Novellen und Erzählungen berichteten Ereignissen handelt es sich nicht so sehr um Registriertes und Beobachtetes, sondern vielmehr um die Verarbeitung von Erlebtem und Erlittenem.

Die hier versammelten Erzählungen stellen ein knappes Drittel der seit etwa 1908 entstandenen *Novelle* dar. Die vorwiegend in Siena, in anderen toskanischen Orten oder auch in Rom spielenden Erzählungen verzichten sowohl auf detaillierte realistische Beschreibungen als auch auf idyllische Verklärung im Stil der Heimatliteratur oder der Dorfgeschichte. Die Schwierigkeit einer Übersetzung Tozzis ergibt sich unter anderem daraus, daß seine Sprache aus dem spezifischen Reservoir der sienesischen Provinz schöpft und sowohl in ihrem Wortschatz als auch in ihrer Satzkonstruktion recht eigenwillig ist.

Die Personen leben in einer scheinbar unveränderlichen, ständisch gegliederten Welt. Eben diese Tatsache war wohl der Grund dafür, daß Tozzi in der neorealistischen Nachkriegsphase der italienischen Literatur relativ wenig interessierte. Der konservative und nicht selten geradezu reaktionäre Katholizismus des Schriftstellers war in einem Augenblick, in dem gesellschaftskritisches »linkes« Engagement die literarischen Diskussionen beherrschte, kaum gefragt.

Ähnlich wie im Bewußtsein von Tozzis Figuren das Stadtbild Sienas seine vertrauten und verläßlichen Umrisse verliert, werden auch die scheinbar festen Personenkonstellationen ohne sichtbaren Anlaß und ohne rational nachvollziehbaren Übergang plötzlich gestört und irreparabel verändert. Dies gilt nicht nur für die gewalttätigen und abrupten Wutausbrüche aus heiterem Himmel in den im Wirtshaus oder auf dem Bauernhof sich abspielenden Szenen zwischen Familienangehörigen, sondern auch für die intimeren Beziehungen zwischen Liebespaaren. Typisch für dieses prekäre Gleichgewicht zwischen Partnern ist ein kurzer Text aus der Prosasammlung *Tiere:*

»Ich kann mir nach acht Jahren immer noch nicht erklären, warum meine Geliebte einmal, als sie ihr Bier ausgetrunken hatte, mit dem offenen Fächer eine Wespe einschloß, die in ihr Glas gekrochen war. Zuvor war die Wespe in meines gekrochen, und meine Geliebte hatte sie nahezu belustigt lächelnd beobachtet.

Ich versuchte ihren Arm zu bewegen, aber mit aller Kraft widerstand sie mir. Sie sagte:

›Reden wir von anderem.‹«

Ein scheinbar nichtiges Ereignis offenbart die latente Spannung zwischen den beiden Partnern. Der Sadismus der Handlung wird durch die Wahl des hier im Mittelpunkt stehenden Tiers unterstrichen. Die Freundin und die Wespe werden einander emblematisch zugeordnet.

In der in Rom spielenden Erzählung *Marito e moglie (Mann und Frau)* hat Vittorino Landi plötzlich das Gefühl, wahnsinnig zu werden, während seine Frau Enrica für einige Minuten zum Einkauf aus dem Haus gegangen ist. Nach wenigen Augenblicken spürt die Zurückgekehrte, daß die Beziehung zu ihrem Mann innerhalb weniger Augenblicke zerbrochen und zerstört wurde. Am ehesten noch liefert der erste Abschnitt der Erzählung in der kurzen Schilderung der metereologischen Situation eine naturwissenschaftlich plausible Erklärung für den Umschlag im Verhältnis der Ehepartner. Etwa zwanzig Jahre später hat Natalie Sarraute in vergleichbarer Weise psychische »Tropismen« beschrieben.

Um die Veränderung einer Beziehung zwischen einem Paar geht es auch in der Erzählung *Elfia e Van-*

nina (Elias und Vannina). Der Wandel verläuft hier zwar nicht mit dramatischer Schnelligkeit, aber dennoch nicht weniger unaufhaltsam. Die Bindung zwischen den Partnern verliert an Intensität und Spannung, sie wird matt und glanzlos, so daß die beiden schließlich zu einer einzigen Person zerfließen, die kaum noch zu reagieren vermag.

Federigo Tozzi machte während seines langjährigen römischen Aufenthalts die Bekanntschaft mit Luigi Pirandello. Beide Schriftsteller nahmen öffentlich zu den Werken des anderen Stellung. Pirandellos Personen, schrieb Tozzi, zerbrächen plötzlich an irgendeinem Punkt ihrer Existenz: »Sie müssen alle in dem Augenblick, in dem sie begriffen haben, wie unnütz und eitel ihre Gefühle sind, untergehen.« Pirandello unterstrich seinerseits als Kennzeichen für Tozzis Figuren, daß wir ihr Schicksal mit Angst verfolgten, »da wir nie voraussehen können, was aus ihnen in kurzer Zeit geworden sein wird oder geworden sein kann«.

Die beiden Autoren verbindet die gemeinsame antinaturalistische Position. So geht Tozzis Erzählung *Miseria (Elend)* aus von der Betrachtung verschiedener Gegenstände durch den sich im Augenblick einer Sinnesänderung befindlichen und im Mittelpunkt der Erzählung stehenden Lorenzo Fondi. Der Leser wird damit vorbereitet auf den Entschluß des Protagonisten, seine Frau Corrada zu verlassen. Lorenzo sieht sich außerstande, seine hoffnungslose Situation zu bewältigen. Aber nun erfolgt ein neuer Umschlag: Durch die pralle Sinnlichkeit der Tochter eines seiner Landarbeiter wird der gefaßte Entschluß wieder hinfällig. Unkontrollierte und unbeherrschbare Instinkte machen alle auf Überlegung beruhende Entscheidungen alsbald wieder zunichte.

Die soziologische Bestimmung »Elend« bezeichnet bei Tozzi nicht nur die deterministische Wechselwirkung von gesellschaftlichen Verhältnissen und subjektivem Handeln, sondern auch das aus unbewußten psychischen Zonen aufbrechende Verhalten, das persönliche Bindungen durch scheinbar unmotivierte Bosheit plötzlich gefährdet. So amüsiert sich der im Mittelpunkt der Erzählung *Il cieco (Der Blinde)* stehende Emilio Palai schon als Kind damit, den im Haus lebenden Tieren die Augen auszureißen, bis er schließlich in einem Wutanfall auch seiner Mutter ein Auge zugrunde richtet. Und der Ich-Erzähler der Novelle *Mia madre (Meine Mutter)* erinnert sich daran, wie er seine Mutter als Kind kurz vor ihrem Tod aus bloßer Bosheit einmal ansah, als wolle er sie totschlagen. Typisch für die zerstörerische Aggressivität in Tozzis Erzählungen ist schließlich auch jene sadistische Lust, mit der in der Erzählung *Ozio (Müßiggang)* die Tischgenossen nach einem üppigen Mittagessen anschließend im Freien ein aus dem Nest gefallenes Vögelchen einfangen, das einer von ihnen aus purem Mutwillen erwürgt.

In seiner programmatischen Erklärung *Come leggo io (Wie ich lese)* formulierte Tozzi seine Auffassung von Literatur, die auch einen Schlüssel zum Verständnis dieser Erzählungen darstellt:

»Die meisten interessieren sich für einen Mord oder einen Selbstmord. Aber auch die Intuition und daher auch die Erzählung irgendeiner unserer geheimnisvollen Gesten ist genau so interessant, wenn nicht sogar interessanter, wie es zum Beispiel die eines Mannes sein könnte, der in einem bestimmten Augenblick auf seinem Weg stehen bleibt, um einen Stein aufzuheben und dann seinen Spaziergang fortsetzt.«

Johannes Hösle

Federigo Tozzi

Das Gehöft

Roman. Aus dem Italienischen von Ragni Maria Gschwend.
179 Seiten. Geb.

»Ein Meisterwerk der erzählenden Literatur, dessen gestaltete Intensität sich dem Leser mehr und mehr aufdrängt und ihn nicht entläßt, bevor er das Buch beendet hat. Die Faszination beruht vor allem auf der zeitlosen Thematik und dem Verzicht auf jede Modernismen, die uns das mehr als sechzig Jahre alte Werk wie ein Buch aus diesen Tagen lesen läßt.«

Hannoversche Allgemeine Zeitung

Drei Kreuze

Roman. Aus dem Italienischen von Ragni Maria Gschwend.
158 Seiten. Geb.

Das eigentliche Thema des Romans, der erzählt, wie man das Leben verraucht, verfrißt, verschläft »und es dreimal verachtet«, ist die Problematik von Gut und Böse, die Verstrickung in Schuld – Motive, die Tozzi von Verga und Dostojewski übernommen hat. Zugleich ist »Drei Kreuze« die unerbittliche Röntgenaufnahme einer heuchlerischen Gesellschaft, die nur auf die Fassade achtet. Nicht wegzudenken aus dem Roman ist schließlich Siena, die gotische Stadt, die den Hintergrund dieser düsteren Geschichte bildet und von der Tozzi sagte, er werde auf ewig traurig sein, weil er dort habe leben müssen.

Mit geschlossenen Augen

Roman. Aus dem Italienischen von Ragni Maria Gschwend.
212 Seiten. Geb.

Das Schließen der Augen, diese Blindheit gegenüber dem Leben, ist das offenkundige oder verborgene Leitmotiv der wichtigsten Werke Tozzis. In seinem Roman »Mit geschlossenen Augen« ist die offenkundige Unfähigkeit Pietros, der Wahrheit ins Gesicht zu sehen, die Ursache für das Scheitern der Liebe.

Giovanni Verga

Der letzte Tag

Erzählungen. Aus dem Italienischen von Hannelise Hinderberger und Marianne Schneider. Herausgegeben und mit einem Nachwort von Johannes Hösle.
448 Seiten. Leinen

Giovanni Verga ist neben Manzoni der bedeutendste italienische Erzähler des 19. Jahrhunderts. Der vorliegende Band umfaßt nahezu die Hälfte von Vergas novellistischem Werk, darunter zahlreiche Erzählungen, die erstmals ins Deutsche übersetzt wurden.

»Verga erzählt mit kalter Wucht, mit lakonisch geballter Sachlichkeit, kommentarlos, in hastigen Sprüngen. Überfallartige Schrecken jagen kurze Leben zu einem krassen Ende. Durchschnittlich nicht mehr als sieben Seiten braucht er von einer Geburt bis zum Tod.
Er verschleudert einen Stoffvorrat, der heute für zehn Dichter reichen würde.
Verga schildert nicht das romantische Sizilien der Touristen, sondern ein versengtes, brütendes, fieberdampfendes, starr lastendes Land. Es gibt keine bessere Warnung vor der Idyllisierung archaischer Zustände als diese Erzählungen. Die Armen leben wie die Tiere. Die Geschichte eines totgeprügelten Esels und seiner fünf Herrschaften, eine jeweils schlechter als die andere, unterscheidet sich denn auch kaum von der Geschichte eines halbwüchsigen Jungen, des Rotschopfs, den alle peinigen, der davon hart und gemein wird, aber alles erträgt, bis sie ihn in den Tod treiben. Aber noch das niedrigste Leben hat Würde.
Für einen Moment verzaubert das Aufblühen der Liebe noch die trostlosesten Bedingungen.« Frankfurter Allgemeine Zeitung

Carlo Fruttero / Franco Lucentini

Der Liebhaber ohne festen Wohnsitz

Roman. Aus dem Italienischen von Dora Winkler.
319 Seiten. Geb.

»Ich erinnere mich nicht, in den letzten Jahren eine ähnlich eingängige Liebesgeschichte gelesen zu haben, die, verspielt und elegisch, zugleich so gut unterhalten und so viel Einsicht vermittelt hätte.« Frankfurter Allgemeine Zeitung

Der Palio der toten Reiter

Roman. Aus dem Italienischen von Burkhart Kroeber.
200 Seiten. Geb.

»›Der Palio der toten Reiter‹ ist der aufregendste Spannungsroman, den F & L bislang geschrieben hat.« Panorama

»Fruttero und Lucentini haben mit dem Roman ein gleichermaßen witziges wie tiefsinniges und mitunter auch bitterböses Psychogramm des Durchschnittsitalieners entworfen. An der literarischen Qualität und Intelligenz des Buches vermögen auch die ordinären, ja mitunter zotigen Beschreibungen von Liebesszenen nichts zu ändern.« Tagesanzeiger, Zürich

Die Sonntagsfrau

Roman. Aus dem Italienischen von Herbert Schlüter.
527 Seiten. Serie Piper 5501

»So schön wie zwei Wochen Ferien in Italien.« Publishers Weekly

Wie weit ist die Nacht

Roman. Aus dem Italienischen von Herbert Schlüter
und Inez De Florio-Hansen. 571 Seiten. Geb.

»Die italienische Literatur hat bis jetzt noch keinen Dupin, keinen Poirot oder Maigret gehabt: Nun hat sie Santamaria. Fruttero und Lucentini sind Meister in der Kunst des Kriminalromans.« The Times Literary Supplement

Du bist so blaß

Eine Sommergeschichte. Aus dem Italienischen von Dora Winkler.
68 Seiten. Serie Piper 694

Das italienische Autorenduo hat eine meisterliche kleine Etüde geschrieben, eine witzige und bösartige Kritik an der italienischen Sommerkultur.